AF289115

Aston Skovgaard

Aston Skovgaard

Ewig lockt mein Mann!

Impressum

© Aston Skovgaard 2009

aston-skovgaard.com

Alle Rechte vorbehalten.

Herstellung und Verlag:
Books on Demand GmbH Norderstedt

Umschlagillustration:
©Aston Skovgaard / Julia Rohner

Satz und Lektorat: Julia Rohner
juliarohner.de

Coverfotos:
LICHTwerk – Sophie-Louise-Kleile
lichtwerk-fotostudio.de

Coverlocation: living-on-water.de

ISBN   9-783837-099027

David und Ron waren gerade an Bord der Motoryacht *Chantelle*. Sie gehörte Ron und lag in einer Badebucht vor Anker. Das Wetter war phantastisch, die Sonne prallte bei 35 Grad im Schatten auf ihre Körper. Die beiden waren schon seit ihrer Kindheit die besten Freunde.

David kommt aus dem Mittelstand. Ron hingegen ist der verwöhnte Sohn eines Immobilienmagnats. Er hat sich wieder, wie so oft, einige Frauen an Bord geladen. Natürlich waren sie alle schön, aber die meisten kamen wohl eher, um ein bisschen Luxus auf Zeit zu genießen. Ron störte das aber wenig. Hauptsache Spaß war sein tägliches Motto.

David sah das ganz anders. Während Ron sich mit Champagner übergießen ließ, hatte sich David schon abgesondert, um in Ruhe ein Buch zu lesen. Dabei konnte er entspannt auf das Küstenpanorama mit seinen rotbraunen Farben blicken. Nichts konnte ihn dabei stören, außer das Gelächter der Girls, die von Zeit zu Zeit von der Badeplattform aus ins Wasser sprangen.

Aber da hatte er Juliette noch nicht gesehen! Juliette kam erst später an Bord. Sie tummelte sich nicht bei den anderen, sondern suchte genau wie David Ruhe und breitete gerade ein rotes Badetuch auf dem Liegestuhl rechts neben David aus. „Ich darf doch, oder?", fragte sie.

„Sicher", antwortete David.

Juliette lächelte und legte sich hin.

David war zwar nicht wie Ron, hatte aber sehr wohl einen Sinn für Frauen. Er wollte sie aber erobern und gewinnen – nicht einfach nehmen. David las in seinem Buch weiter. Unauffällig beobachtete er Juliette.

Juliette war ein hübsches Ding. Ende zwanzig etwa. Sie hatte blaugrüne Augen, lange mittelblonde Haare mit hellen Strähnen und trug einen weißen Badeanzug. Kein besonderer, genauso wenig wie ihre schwarze Sonnenbrille. Ihr Körper war sonnengebräunt. Am linken Ringfinger trug sie einen kleinen goldenen Siegelring und sie trug eine dünne Perlenkette um den Hals. Ihre Fingernägel waren lang und rot lackiert, aber echt. Ihr

5

linkes Bein hatte sie angewinkelt.

„Sie hat Stil", dachte sich David. Kein leichtes Mädchen wie die anderen an Bord. David las weiter.

Juliette drehte ihren Kopf ein bisschen nach links, zog ihre Sonnenbrille etwas herunter und fragte: „Du musst David sein, richtig?"

„Richtig", antwortete David. „Wie hast du das erkannt?", fragte er.

„Nur so", antwortete sie und lächelte dabei.

„Wie heißt du?", fragte David sie.

„Ich bin Juliette", antwortete sie.

„Hast du zufällig Sonnencreme dabei?", fragte David.

„Ja, hab ich. Brauchst du sie?", fragte Juliette.

„Ja", antwortete David. Juliette gab David ihre Sonnencreme. Er öffnete sie und fing an, sich einzucremen. Zuerst die Arme, dann seine Brust. Als er merkte, dass Juliette unter ihrer Sonnenbrille heimlich zuschaute, schob er mit seinen Händen seine schwarzen Badeshorts ganz leicht nach unten, bis der Bräunungsrand der Haut etwas zu sehen war. Nun cremte er langsam seinen Bauch ein. Danach hob er seine Beine abwechselnd an und cremte auch sie ein. Jetzt nahm er seine Sonnenbrille ab und cremte auch sein Gesicht ein.

„Würdest du mir den Rücken eincremen?", fragte David sie.

„Warum nicht", antwortete Juliette in gekonnt gleichgültigem Ton.

David hatte sehr wohl bemerkt, dass ihr das Zuschauen viel mehr Spaß gemacht hatte als sie zugeben würde.

„Du hast starke Schultern", sagte Juliette. „Machst du Sport?", fragte sie.

„Kaum", antwortete David und legte seinen Kopf leicht zurück während Juliette schon am Rücken angekommen war. Dann schob David seine Shorts hinten etwas herunter. Juliette war etwas überrascht. David merkte es, weil ihre Bewegungen beim Eincremen für einen kurzen Moment etwas langsamer

6

wurden. Sie machte aber schließlich doch weiter und es schien ihr zu gefallen, denn die Handbewegungen wurden immer zärtlicher.

„Fertig", sagte Juliette und legte sich wieder in ihren Liegestuhl.

„Danke, das hast du gut gemacht", sagte David.

„Du weißt doch bestimmt, wo hier etwas Champagner zu finden ist, oder?", fragte Juliette.

„Ja", antwortete David. „Hast du Durst?"

„Und wie", antwortete Juliette. „Würdest du uns vielleicht welchen holen, sozusagen als kleine Belohnung für meine Mühe, hm?", fragte Juliette.

„Na schön", antwortete David. „Bin gleich wieder da."

David kam schließlich zurück. In der einen Hand hielt er den Champagner, in der anderen zwei Gläser. Erst füllte er ihr Glas, dann seins. Juliette hob ihr Glas und sagte: „Auf einen schönen Sommer."

„Auf einen schönen Sommer", sagte David. Juliette trank einen kräftigen Schluck Champagner. Ihr Gesicht blickte dabei in Richtung Sonne. Ihr rann ein kleiner Tropfen von der Unterlippe herunter und sie leckte ihn behutsam ab. Juliette lächelte und sagte: „Entschuldige, der Schluck war wohl etwas groß."

„Hat mich nicht gestört, sah doch sehr verführerisch aus", sagte David.

„Findest du?", fragte Juliette.

„Fast schon zu verführerisch für einen Mann, der nur Shorts anhat", antwortete David.

Dann stellte er sein Glas aufs Deck und legte sich in seinem Liegestuhl auf den Bauch. Sein Gesicht drehte er dabei zu ihr.

Juliette schenkte sich noch ein Glas ein und fragte: „Du auch noch?"

David nickte. Juliette stand auf und nahm sein Glas in die Hand. Sie füllte etwas Champagner nach und hielt ihm das Glas hin.

„Danke sehr", sagte David.

7

Juliette lächelte und trank jetzt selbst einen Schluck. Ihre Lippen waren feucht und wunderschön geformt. Sie sah David mit ihren blaugrünen Augen an und schien jetzt etwas nervös zu sein.

David blickte ihr jetzt tief in die Augen. Der Blick wurde immer tiefer und tiefer. Juliette öffnete, ganz unbewusst, leicht ihren Mund und fuhr sich durch ihr langes Haar.

‚Was für eine phantastische Frau‘, dachte sich David.

„Ich gehe schwimmen“, sagte David plötzlich und sprang von der Reling aus ins türkisblaue Wasser der Badebucht.

Juliette stand auf und blickte ihm verwundert hinterher. Sie nippte noch einmal an ihrem Champagnerglas und sprang ihm nach. David blieb in der Nähe der Yacht und sah Juliette aus dem Wasser auftauchen. Juliette schwamm zu ihm.

„Eine Abkühlung können wir jetzt auch gut vertragen, nicht wahr?“, fragte Juliette.

„Stimmt“, antwortete David. Als sie genau neben ihm schwamm, sah er, wie ihr langes Haar durchs Wasser zog. Ihr weißer Badeanzug war jetzt fast durchsichtig geworden und David blickte ihr auf den Po.

Dann schwamm David zur Badeplattform der Yacht und legte sich dort hin. Ron und seine Mädchen waren inzwischen im Salon und amüsierten sich dort weiter.

Juliette schwamm David nach zur Badeplattform. Jetzt lagen dort beide nebeneinander auf dem Rücken und blickten in die Sonne. Die Yacht plätscherte leicht im Wellengang vor sich hin und schaukelte angenehm.

Plötzlich nahm Juliette Davids Hand, blickte ihm tief in seine braunen Augen und fragte: „Magst du mich, David?“

David lächelte nur. „Du bist verheiratet, oder?“, fragte Juliette.

„Nein“, antwortete David. Jetzt blickte sie ihm noch verliebter in die Augen.

„Warst du schon mal mit Ron zusammen?“, fragte David.

8

Juliette schüttelte leicht den Kopf und lächelte.

Dann drückte David fest ihre Hand, beugte sich über Juliette und kam ihren Lippen immer näher, ganz langsam, Stück für Stück. Dabei sah er ihr so tief in die Augen, dass ihr eine Freudenträne herunterlief. David presste sich fest an ihren nassen Körper und küsste Juliette zärtlich und leidenschaftlich. Er wollte diesmal keine schnelle Eroberung, denn Juliette war etwas ganz Besonderes. Sie hatte Grazie und war keine wie die anderen an Bord.

Juliette war David nun völlig verfallen. David zog behutsam die Träger ihres Badeanzugs herunter und küsste ihre schönen Brüste. Dann wanderte er küssend weiter zum Bauch und streichelte dabei mit seiner rechten Hand zärtlich ihr Gesicht. Ich Bauch hob und senkte sich vor Erregung und sie atmete tief und unruhig. Als David noch tiefer ging, spreizte sie ganz langsam ihre Beine, als ob sie die Pforte zu einem Schloss öffnen würde. Juliette krallte sich in Davids blondem Haar fest und stöhnte.

Schließlich kam sie zum Höhepunkt. Völlig erschöpft sackte sie in sich zusammen und umarmte David zärtlich. Sie sah ihm tief in die Augen und sagte: „Was ist mit dir, möchtest du nicht?"

„Ein anderes Mal", antwortete David. Obwohl er vor Lust hätte schreien können, riss er sich zusammen. Er wusste, dass er Juliette damit noch verrückter nach ihm machen würde. Eine ganz Weile küssten sie sich noch zärtlich und hingebungsvoll.

„Wir sollten langsam mal zu den anderen gehen, meinst du nicht auch?", fragte er Juliette.

„Ja, das sollten wir", antwortete sie. Sie zog ihren Badeanzug wieder an. Dann gingen beide Arm in Arm zu den anderen in den Salon.

„Ach guck mal an", sagte Ron, „wo wart ihr denn die ganze Zeit?", fragte er und sah David dabei lächelnd an.

„Wir waren schwimmen", antwortete David.

„Verstehe", sagte Ron. Die Party an Bord ging weiter. Ron ließ sich von zwei Frauen umgarnen und begoss sich mit

9

Champagner. Er war schon ziemlich betrunken. David hingegen hatte an diesem Tag nur noch Augen für Juliette – und sie für ihn.

Später löste sich die Party dann auf. Ron war bereits auf seiner weißen Ledercouch eingenickt.

„Ich bin auch schon müde", sagte Juliette zu David.

„Nun, wir könnten in einer der Kabinen übernachten, wenn du möchtest", sagte David.

„Ja, das wäre toll", antwortete Juliette. Sie gingen vom Salon aus eine Wendeltreppe hinunter.

„Wir nehmen diese, die ist am schönsten", sagte David und öffnete die Tür. Es war tatsächlich eine sehr schöne Kabine mit einem großen französischen Bett, eigenem Bad und zwei großen Fenstern mit Jalousien. Durch eine Tür konnte man nach draußen aufs Deck gehen.

„Ich bin so müde", sagte Juliette entschuldigend und ließ sich aufs Bett fallen.

„Das macht nichts", sagte David und streichelte ihr zärtlich durchs Haar. Sie sah ihn mit liebevollen Augen an und fragte: „Wirst du morgen früh noch hier sein wenn ich aufwache?"

David küsste ihre Hand und antwortete: „Ja."

Juliette ließ sich fallen und schlief sofort ein, denn sie hatte ziemlich viel getrunken. David deckte sie vorsichtig mit einer dünnen Satindecke zu und legte sich daneben. Er sah sie noch lange an und musste sich eingestehen, dass er sich diesmal wohl ernsthaft verliebt hatte. Am liebsten hätte er sie geweckt und sie die ganze Nacht geliebt, aber er tat es nicht. Sie sah so schön aus und wirkte so unschuldig als sie schlief – fast wie ein junges Mädchen.

Dann schlief auch David ein.

Am nächsten Morgen wurde David durch einen warmen und zärtlichen Kuss geweckt.

„Guten Morgen, mein Liebling", flüsterte Juliette ihm ins Ohr.

„Guten Morgen", sagte David.

„Ich hab uns Frühstück gemacht", sagte Juliette.

10

„Du bist phantastisch. Hast du alles gleich gefunden?", fragte David.

„Nicht ganz. Ron hat mir ein bisschen geholfen", antwortete Juliette.

„Wie fühlt er sich?", fragte David.

„Nicht gut. Gar nicht gut", antwortete Juliette.

„Hab ich mir schon gedacht. Und wie fühlst du dich?", fragte David.

„So gut wie noch nie zuvor", antwortete sie und sah ihm dabei tief in die Augen. Sie stürzte sich auf David, der immer noch auf dem Bett lag und sie küssten sich wild und leidenschaftlich.

„Nun lass uns erst mal frühstücken, ja?", fragte David.

„Na schön", antwortete Juliette. „Aber dich gibt's zum Nachtisch."

Juliette war zwar eigentlich nicht leicht zu haben, wusste aber, dass man einen Mann wie David nicht lange halten konnte, aber sie wollte es versuchen. Genau wie er sich in sie, so hatte sich Juliette auch Hals über Kopf in David verliebt.

Juliette saß neben David auf dem Bett. Als David gerade seinen letzten Schluck Kaffee trinken wollte, warf sich Juliette auf ihn. Die Kaffeetasse fiel auf den Boden und der letzte Schluck landete auf seinem Bademantel. Sie küsste David und riss hastig seinen Bademantel auf. Sofort stürzte Juliette sich auf sein bestes Stück. Sie verwöhnte ihn zärtlich mit ihren weichen Lippen und David konnte sich vor lauter Glück nicht mehr halten. Als er kam, stöhnte er laut und hingebungsvoll. Dann legte sich Juliette neben ihn und fragte: „Bist du glücklich?"

„Ich war noch nie so glücklich", antwortete David.

„Es ist nett, dass du das sagst ", sagte Juliette.

David packte sie energisch am Arm und sagte: „Ich meine es ernst, Juliette." Und sie glaubte ihm schließlich.

Sie verbrachten noch den ganzen Tag in der Kabine!

Am Abend stiegen sie dann in Davids roten Sportwagen. „Wo soll ich dich hinbringen?", fragte David.

„Ich zeige dir den Weg", antwortete Juliette. Sie fuhren die wunderschönen Serpentinen der Küste entlang. Juliettes offenes Haar wehte im Fahrtwind des Cabriolets. Alles war perfekt.

Nach einigen Kilometern zeigte Juliette auf ein großes Haus in den Bergen und sagte: „Da oben muss ich hin."

David nickte. Sie bogen von der Strasse rechts ab durch ein offenes Tor auf einen gepflasterten, steilen Weg. Er führte zwischen zwei Berghängen hindurch. Nach einigen hundert Metern sahen sie dann das Haus. „Schön wohnst du hier", sagte David, denn es war ein sehr großes Palais mit einem Rondell vor dem Eingangsportal.

„Ja, es ist wirklich traumhaft hier. Das Haus gehört meinem Vater", sagte Juliette.

„Du wohnst also noch bei deinen Eltern?", fragte David.

„Nein", antwortete Juliette und lachte. „Ich habe nur versprochen, heute bei Ihnen vorbeizuschauen."

„Hier kannst du anhalten", sagte Juliette direkt vor der Haustür.

Schon kam Juliettes Mutter aus der Haustür heraus. „Julie, wie schön, dass du gekommen bist", sagte sie höflich.

„Hallo Mutter", sagte Julie lächelnd.

„Oh, hast du Besuch mitgebracht?", fragte die Mutter Juliette.

Juliette hätte am liebsten Ja gesagt aber David flüsterte leise: „Besser noch nicht."

Die Mutter ging aber schon auf den Wagen zu und sagte zu Juliette: „Möchtest du uns nicht vorstellen?"

„Gern", sagte Juliette. „Mutter, das ist David. David, das ist meine Mutter."

David stieg aus dem Wagen aus, gab der freundlichen älteren Dame einen Handkuss und sagte: „Ich bin sehr erfreut, Madame."

„Ganz meinerseits", sagte die Mutter. Sie war zwar schon in die Jahre gekommen, war aber trotzdem noch eine sehr adrette Dame.

„Nun, ich muss gehen", sagte David.

„Rufst du mich an?", fragte Juliette. „Ganz bestimmt", antwortete David und gab ihr einen sehr langen und zärtlichen Abschiedskuss, obwohl Juliettes Mutter fast genau neben ihnen stand.

Die Mutter lächelte, als David in seinen Wagen stieg.

David winkte den beiden noch zu, als er losfuhr. Sie hatten noch nicht einmal Zeit gehabt, sich richtig zu verabschieden.

‚Merkwürdig, dass mir das etwas ausmacht', dachte sich David.

„Ein sehr gutaussehender Mann", sagte die Mutter zu Juliette.

„Ja, ich weiß", sagte Juliette.

„Wie lange kennt ihr zwei euch schon?", fragte die Mutter.

„Seit gestern", antwortete Juliette.

„Meinst du, es ist etwas Ernstes?", fragte die Mutter.

„Ich wünsche es mir sehr", antwortete Juliette.

„Nun, dann gib gut auf ihn Acht, er ist sehr attraktiv, meine Süße", sagte die Mutter.

„Mach ich", sagte Juliette und lächelte.

David fuhr zu seinem Appartement. Es lag in einem Hotelkomplex direkt am Wasser. Es war groß, hell und geschmackvoll mit Antiquitäten eingerichtet. Trotzdem war es modern. Er wohnte dort schon seit vielen Jahren, allerdings zur Miete, denn er hatte keine reichen Eltern und musste sich sein Geld als Eventmanager hart erarbeiten. Finanziell kam er aber meistens besser zurecht als Ron, der sein Geld nur so zum Fenster hinauswarf.

David setzte sich auf einen Korbstuhl auf seiner Terrasse. Von dort aus konnte man auf den Yachthafen und bis nach Nizza blicken.

Er dachte an Juliette. Diesmal hatte es ihn voll erwischt, obwohl er das eigentlich nie wollte. Seine Freiheit war ihm immer schon sehr wichtig gewesen. Nach einer kleinen Weile ging er duschen, um sich abzukühlen.

‚Ich rufe sie jetzt einfach mal an', dachte sich David als es

13

Abend wurde. Er nahm sein Telefon und wählte Ihre Nummer.

Juliette ging sofort ran. „David?", fragte sie.

„Ja, ich bin's", antwortete er.

„Endlich rufst du an, ich hatte schon so eine Sehnsucht nach deiner Stimme", sagte Juliette und setzte sich auf ihr Bett.

„Wie geht's dir?", fragte David.

„Nicht so gut, erst wieder wenn du bei mir bist", antwortete Juliette.

„Das bin ich ja bald", sagte David. „Bist du angezogen?", fragte Juliette.

„Ja, warum?", fragte David.

„Ich noch nicht", sagte Juliette. „Kannst du schnell zu mir kommen?"

„Wohin soll ich denn kommen?", fragte David.

„Ins Haus meiner Eltern. Ich hatte keine Lust mehr, heute noch nach Cannes zu fahren", antwortete Juliette.

„Bist du denn allein?", fragte David.

„Nicht ganz, meine Eltern sind ein paar Tage geschäftlich unterwegs, nur meine Schwester ist noch hier. Sie wird uns aber nicht stören", antwortete Juliette.

„In Ordnung. Ich fahr dann gleich los, muss mich nur noch kurz frisch machen", sagte David.

„Bis gleich, mein Schatz. Bring deine Badehose mit, dann können wir vielleicht später noch schwimmen gehen", sagte Juliette.

„Okay, bis gleich", sagte David. Er machte sich schnell frisch, holte seinen Wagen aus der Tiefgarage und machte sich auf den Weg zu seiner geliebten Juliette.

Die Haustür stand schon offen als er ankam und seinen Wagen parkte. Juliette kam aus der Haustür heraus und fiel ihm in die Arme. Sie küssten sich so wild, als ob sie sich eine Ewigkeit nicht gesehen hätten. David war froh, ihren weichen Körper wieder spüren zu können und das konnte er gut, denn sie hatte nur ein hellblaues, langes Hemd an.

„Ich mache noch schnell das Verdeck zu", sagte David. Als

er es gerade tat, gab Juliette ihm einen zärtlichen Kuss auf den sonnengebräunten Hals. Dann gingen sie ins Palais. Es war ein stolzes Haus mit einer großen Eingangshalle und einer großen weißen Treppe in der Mitte.

„Euer Haus muss wohl mindestens 20 Zimmer haben", sagte David.

„Genau genommen hat es 22", sagte Juliette lächelnd.

„Komm", sagte Juliette und nahm Davids Hand, als sie die Treppe hinauf gingen. Sie gingen einen langen Gang entlang bis zum Ende. Juliette öffnete eine Tür und sagte: „Leg doch erst mal deine Sachen ab, Schatz."

„Mach ich", sagte David.

„Darf ich dir was anbieten?", fragte Juliette.

„Ja gern, was hast du denn da?", fragte David. Juliette ging auf ein Bücherregal zu und öffnete es.

„Was du willst", antwortete sie und präsentierte ihm eine Bar, die keine Wünsche offen ließ. „Ich nehme ein kühles Bier", sagte sie und nahm sich eins aus dem Kühlschrank.

„Ja, ich auch", sagte David.

„Das war aber nicht dein Kinderzimmer, oder?", fragte David.

„Nein", sagte sie lachend. „Das ist ein Gästezimmer."

„Deine Eltern haben wirklich Geschmack", sagte David.

„Ja, den haben sie", sagte Juliette. Nachdem Juliette einen Schluck getrunken hatte, ging sie auf David zu, der gerade auf dem Bett saß.

Sie setzte sich auf ihn und küsste ihn ganz fest. Dabei berührten ihre erregten Brüste seine Brust. Sie fing zärtlich an, mit dem Becken zu kreisen und David wurde es immer heißer in seiner hellen Hose.

„Machs mir, mein Liebling", sagte David zu ihr. „Ja", sagte Juliette, die schon völlig in Ekstase war. Langsam öffnete David ihr hellblaues Hemd, das ihre gebräunte Haut noch schöner aussehen ließ. Sie machte Davids Reißverschluss auf und setzte sich auf ihn. David ließ sich zurückfallen und genoss jede ihrer

15

kreisenden Bewegungen.

„Du bist wunderschön", sagte David zu ihr.

Aber Juliette konnte gar nicht mehr zuhören. Sie war wie in Trance und bekam einen endlos langen Höhepunkt, gemeinsam mit David. Sie sackte von David herunter und sagte „Ich liebe dich, David."

„Ich liebe dich auch", sagte David und sah ihr dabei ganz tief in die Augen. Sie waren glücklich.

„Warst du eigentlich schon immer so leidenschaftlich?", fragte David.

Juliette drehte sich mit ihrem Körper, der auf sehr erotische Weise verschwitzt war, zur Seite und antwortete: „Nein, bisher nicht."

Sie wünschte sich, dass dieser wunderschöne Augenblick nie vergehen würde. Juliette glaubte, David sei der Mann, den sie immer gewollt hatte.

Dabei kannten sie sich kaum. Aber Geld war für sie nicht wichtig, obwohl sie ja gar nicht wusste, ob er welches besaß oder nicht.

Auch David dachte so. Auch er war hin und weg. Was ihn besonders glücklich machte war, dass sie, obwohl sie aus reichem Elternhaus stammte, doch normal geblieben und vor allem sie selbst war.

„Wollen wir schwimmen gehen?", fragte Juliette.

„Gute Idee", sagte David. „Wo denn?" Juliette stand auf und nahm einen roten Bikinislip aus ihrem Koffer, der auf einer Kommode stand und sagte: „Draußen ist ein Pool."

„Du hast ja an alles gedacht", sagte David lächelnd. „Aber sollten wir nicht vorher kurz duschen?"

„Wir können uns draußen kurz abduschen", sagte Juliette. „Komm." Sie gingen nach draußen in den Garten, wo hinter einer großen Terrasse ein riesiger, von Palmen eingefasster Swimmingpool war.

David und Juliette duschten sich kurz ab und sprangen dann gemeinsam ins Wasser. Es dämmerte schon und die

16

Poolbeleuchtung schuf eine sehr romantische Stimmung. Dann tauchte David unter Wasser und küsste zärtlich ihren Bauch. Als er wieder auftauchte, umarmte er Juliette und küsste ihren nassen, weichen Mund. Dabei spürte er ihren schönen Körper und bekam vor Erregung eine Gänsehaut.

„Du bist wie für mich gemacht", sagte er zu Juliette. Sie sah ihm in die Augen und sagte: „Und du für mich."

Sie küssten sich wieder.

Danach stiegen sie aus dem Wasser und legten sich auf eine große breite Sonnenliege, auf der bestimmt vier Personen Platz gehabt hätten.

Plötzlich hörte David, wie jemand ins Wasser sprang und beugte sich etwas vor.

„Wer ist das?", fragte David.

„Es wird Minou sein, meine Schwester", sagte Juliette und blieb ganz ruhig liegen.

David lehnte sich wieder zurück und legte seinen Arm um Juliette.

Minou zog währenddessen einige schnelle Bahnen in dem großen Pool. Obwohl er es gar nicht wollte, sah David wegen der hellen Poolbeleuchtung die Umrisse von Minou während sie im Wasser schwamm. Und das was er sah, sah nicht übel aus.

,Kann mir egal sein', dachte sich David und drehte sich zur Seite.

Jetzt stieg Minou aus dem Wasser und ging langsam auf die beiden zu. Während sie ging, zog sie sich den gelben Tanga ihres Bikinis etwas hoch, weil dieser wohl beim Schwimmen etwas verrutscht war, oder vielleicht auch nicht...

„Hallo. Ich bin Minou", sagte sie, als sie David ihre Hand ausstreckte, von der etwas Wasser auf seinen Körper fiel.

David richtete sich auf und sagte: „Ich bin David, schön dich kennen zu lernen."

„Ja, freut mich auch", sagte sie.

Minou war eine Pracht von einer Frau. Sie war groß, hatte rötlichbraun gefärbte, lange, wellige Haare. Ihre Augen waren grün. Auf ihrer sonnengebräunten Haut tummelten sich Hunderte von glänzenden Wassertropfen. Sie hatte eine makellose Figur und durchtrainierte Schultern. Ihr Nagellack war genauso strahlend weiß wie ihre Zähne. Das Oberteil des Bikinis fehlte, so dass man ihre Brüste sah. Sie waren etwas kleiner als die ihrer Schwester, aber wohlgeformt.

‚Sie hat etwas teuflisches an sich‘, dachte sich David. Aber er kannte diesen Typ Frau gut genug, um zu wissen, dass Minou fast jedem Mann gefährlich werden könnte, also auch ihm! Deshalb legte sich David auch wieder auf die Liege und beachtete Minou nicht weiter.

„Soll ich euch etwas zu trinken bringen?“, fragte Minou die beiden.

„Gern, danke Minou“, sagte Juliette. David sagte nichts. Kurze Zeit später kam Minou mit drei Cocktails zurück.

„Hier“, sagte Minou und reichte David und Juliette jeweils ein Glas.

„Du bist ein Engel“, sagte Juliette.

„Danke. Was ist das für ein Cocktail?“, fragte David.

„Es ist ein doppelter Copa Cabana mit etwas Rum“, antwortete Minou.

„Also, auf einen schönen Abend. Lasst uns anstoßen“, sagte Minou.

„Der Cocktail ist phantastisch“, sagte David zu Minou.

„Danke, er ist ja auch von mir“, sagte Minou und sah David dabei tief in die Augen.

Plötzlich ließ Minou ihren Strohhalm fallen und sagte: „Oh nein, wie ungeschickt von mir!“

„Hier, nimm meinen“, sagte David, der ein guter Kavalier sein konnte – wenn er wollte.

„Lieb von dir“, sagte Minou und nahm ihn gerne an. Minou saß jetzt neben Juliette auf der Liege. Juliette blickte David verliebt an und Minou saß hinter ihr. Dann sah David, wie Minou zärtlich das Ende des Strohhalms in den Mund steckte. Mit ihrer Zungenspitze glitt sie daran entlang. Erst dann nahm sie einen Schluck. Sie sah David dabei die ganze Zeit so lustvoll an, dass David sich auf den Bauch legen musste! Juliette hatte

18

von dem Verführspiel zum Glück nichts mitbekommen und sollte schon gar nicht durch einen Blick auf seine Badeshorts darauf kommen.

Als sein Körper sich wieder beruhigt hatte, steckte David sich erst mal eine Zigarette an. Das würde ihn sicher beruhigen dachte er.

Schon früher hatte David durch spontane Flirts viel Unheil geerntet. Er wusste genau, dass man einer Frau wie Minou besser aus dem Weg gehen sollte, es sei denn man ist frei. Dann hätte man einen Volltreffer gelandet, jedenfalls für kurze Zeit...

Er wollte die junge Liebe nicht aufs Spiel setzen, denn er fühlte sich innig zu Juliette hingezogen. Minou fragte David und Juliette ob sie nicht alle drei zusammen noch ein wenig schwimmen wollten, doch David blockte ab. Minou gab sich geschlagen, denn so hätte sie David im Pool vielleicht etwas näher kommen können. Doch sie gab auf und verabschiedete sich von David und Juliette.

Juliette war in der Küche und bereitete für David und sie einen köstlichen Salat mit großen Tomaten und Öl zu.

David war allein im Zimmer und hatte sich gerade frisch gemacht.

Minou ging zu Juliette in die Küche.

„Hallo Schwesterherz", sagte Minou.

„Hallo", sagte Juliette. „Und, wie gefällt er dir?"

„Er ist nett, passt zu dir", antwortete Minou während sie sich kess ein Stück Tomate nahm.

„Ja, find ich auch", sagte Juliette.

„Wo hast du ihn eigentlich kennen gelernt?", fragte Minou.

„Auf einer kleinen Party auf einer Yacht", antwortete Juliette.

„Hm, wie hieß die Yacht?", fragte Minou während sie sich gerade die Fingerspitzen ableckte.

„*Chantelle*", sagte Juliette und schnippelte weiter an den Salatblättern herum.

19

„Ach, die Yacht von Ron", lächelte Minou.

„Ja, warum?", fragte Juliette verdutzt.

„Hör zu, Schätzchen, wenn ein gutaussehender Mann wie David sich bei einem wie Ron rumtummelt, kann das nichts Gutes bedeuten", sagte Minou.

„Hör auf mit dem Quatsch, Minou. Ron ist sein bester Freund. Sie kennen sich schon aus Kindertagen", sagte Juliette.

„Trotzdem. Verschenke besser nicht zu viele Gefühle an ihn, hörst du? Ich meins nur gut mit dir", sagte Minou.

„Denk doch was du willst! David ist nicht wie Ron, alles klar?", fluchte Juliette und stach mit voller Wucht das Salatmesser in den Schneidetisch. Juliette brachte den Salat aufs Zimmer. „Machst du uns eine Flasche Rotwein auf, Schatz?", fragte Juliette.

David ging zur Bar und fragte: „Irgendeinen bestimmten?"

„Nein, kannst du dir aussuchen", antwortete Juliette.

David öffnete einen Château und goss zwei Gläser ein.

Beide setzten sich an den Esstisch, von dem aus man auf die Berge blicken konnte.

„Guten Appetit", sagte David. „Ja, guten Appetit", sagte Juliette.

„Der Salat schmeckt ausgezeichnet, als Köchin bist du also auch gut", sagte David. Juliette lächelte David an. Sie freute sich, dass es ihrem Liebsten schmeckte. Alles war einfach perfekt. Das Essen im Kerzenschein, dazu ein guter Wein und am Tisch der Mann ihrer Träume. Nur über ihre Schwester ärgerte sich Juliette innerlich sehr.

‚Was bildet sie sich bloß ein?', fragte sich Juliette. Nach dem Essen gingen David und Juliette zu Bett, diesmal auch wirklich nur um zu schlafen.

Am nächsten Morgen standen beide sehr früh auf und frühstückten noch schnell gemeinsam. Beide mussten heute wieder arbeiten.

„Wo finde ich dich heute Abend?", fragte David.

„In meinem Appartement in Cannes", antwortete Juliette und nahm eine Visitenkarte aus ihrer Brieftasche.

20

„Wo musst du heute hin?", fragte Juliette.

„Ich muss zufällig auch nach Cannes, um ein Konzept für einen Empfang zu erstellen", antwortete David.

„Kommst du hinterher zu mir, so gegen 20 Uhr?", fragte Juliette.

„Gern, mein Liebling", sagte David und gab ihr einen zärtlichen Kuss.

„Ich liebe dich", sagte Juliette.

„Ich dich auch", sagte David lächelnd und ging.

Juliette rief jetzt ihre Assistentin an, um ihr mitzuteilen, wann sie im Büro erscheinen würde. Juliette leitete die Marketingabteilung im Betrieb ihrer Eltern. Sie besaßen einen riesigen Winzereikonzern.

Davids Tag verlief stressig. Seine Kunden hatten sehr spezielle Wünsche für ihren Empfang, der zu einem Firmenjubiläum stattfinden sollte. Die Verhandlungen waren schwierig.

So würde zum Beispiel eine riesige Tanzfläche über einen japanischen Garten gebaut werden müssen, der natürlich in keinster Weise beschädigt werden durfte und es deshalb auch kostspielig werden würde.

Aber der Garten war nun einmal nicht für 600 Gäste ausgelegt.

Nachdem jedes Menü und jede noch so winzige Kleinigkeit bedacht waren, kamen David und Monsieur Tokashi nach vielen Stunden zu einem Abschluss.

Und der konnte sich sehen lassen, dachte sich David. Er fuhr danach zum Büro seiner Chefin, um ihr die gute Nachricht zu überbringen.

Sie war sehr zufrieden mit ihm! David und seine Chefin Claire verstanden sich prächtig. In seinem Job war David ein eiskalter Stratege und ging sehr geschickt mit seinen Kunden um. Mit einem Fischer konnte er genauso gut reden wie mit einem Baron, er verstand es, sich auf das Niveau der Menschen komplett einzustellen. David war der einzige Eventmanager der

Firma und einer der besten der Branche überhaupt.

Claire gab David einen dicken Kuss auf die Wange und sagte: „Du bist der Beste."

„Danke", sagte David, „aber erst mal müssen wir das Event erfolgreich über die Bühne bringen."

„Das machst du mit links, David", sagte sie. Noch immer hatte Claire eine Schwäche für David. Claire war eine typische Businessfrau. Sie trug einen khakifarbenen Hosenanzug, natürlich ohne Bluse und ohne BH, und hatte dunkelbraune, lange Haare, die top gestylt waren. Ihre Augen waren hellblau und leuchtend. David und sie hatten einmal eine kurze Liaison gehabt. Aber es war nicht lange gut gegangen. David war 32 gewesen und Claire bereits 51, aber daran hatte es nicht gelegen. David war während der Zeit mit Claire fremdgegangen und hatte keinen Flirt ausgelassen. Mit einer Frau wie Claire konnte man das eben nicht machen. David dachte nicht mehr oft daran, Claire aber schon. Trotzdem funktionierte die berufliche Freundschaft bestens.

„Wollen wir das gute Geschäft heute Abend bei einem gemeinsamen Abendessen feiern, was meinst du?", fragte Claire.

„Tut mir Leid, Claire, ich kann nicht", antwortete David.

„Ich verstehe. Wieder eine deiner Liebschaften, hm?", fragte Claire.

David schüttelte den Kopf und sagte: „Nein, diesmal ist es etwas anderes."

„Was Ernstes?", fragte Claire.

„Ja, Claire, ich habe mich verliebt", sagte David.

„Wie alt ist sie, sieht sie gut aus? Bestimmt, oder?", fragte Claire.

„Sie ist 26 und sieht verdammt gut aus", antwortete David.

„Wie heißt sie?", fragte Claire.

„Juliette", antwortete David.

„Na dann lass dich nicht aufhalten, mein Lieber. Gib mir noch einen Kuss", sagte Claire lächelnd. David gab ihr einen kleinen Kuss. Er bemerkte nicht, dass Claire den Tränen nahe war, als er ging.

„Brich ihr nicht das Herz", rief Claire ihm nach. Als die Bürotür zuging, steckte sie sich hastig eine Zigarette an und fing bitterlich an zu weinen. Sie liebte ihn immer noch...

Es war jetzt schon 20.30 Uhr und David fuhr mit seinem Sportwagen viel zu schnell. Aber er wollte nicht noch später bei Juliette sein.

Nachdem er sich einmal verfahren hatte, fand er recht zügig das Haus, in dem Juliettes Appartement war.

Das Haus lag in zweiter Reihe zum Strand. Er parkte seinen Wagen und schloss das Verdeck. Er ging zum Haupteingang und betrachtete sich in der Glasscheibe der Tür. Seine blondgesträhnten Haare waren vom Fahrtwind seines Cabriolets total durcheinander geweht und er strich sich mit seinen Fingern durchs Haar.

‚So geht's', dachte David.

Er stieg in den Fahrstuhl ein und fuhr ins 4. Obergeschoss. Er schaute auf das Türschild und las *Juliette de Sisalles*.

‚Das muss richtig sein', dachte sich David, und klingelte.

Er hörte Schritte, dann ging die Tür auf. Juliette lächelte ihn an und sagte: „Hallo, mein Schatz", und fiel ihm erleichtert in die Arme.

Dann löste sie sich etwas von ihm und David sagte: „Du hast mir gefehlt, mein Liebes."

„Du mir auch", sagte Juliette und küsste ihn sofort zärtlich auf den Mund. Es war ein endloser Kuss!

Juliette sah verführerisch aus. Sie trug einen weißen Hausmantel aus Satin und keinen BH darunter. Ihre wohlgeformten Rundungen waren deutlich zu sehen. Sie hatte die Haare zum Zopf gebunden. Ihre Fingernägel waren diesmal weiß lackiert. Auf ihren Lippen trug sie weißen Lippenstift, für David kaum auszuhalten.

‚Wie konnte sie nur wissen, dass ich eine Schwäche für weißen Lippenstift habe?', fragte sich David.

„Komm mit ins Wohnzimmer, setz dich hin und entspann dich

erst mal", sagte Juliette. David setzte sich auf eine riesige Wohnlandschaft aus Rattan und sah sich um. Die Wohnung war wirklich sehr geschmackvoll eingerichtet. An der Wand hingen farbenfrohe, mediterrane Bilder. Direkt am Wohnzimmer befand sich eine offene, weiße Wohnküche mit Tresen.

„Sieh dich nur um", sagte Juliette und ging in die Küche.

„Mach ich", sagte David. Er ging ins Schlafzimmer. Es war romantisch eingerichtet. Dort stand ein riesiges Rattanbett mit Baldachin darüber. Eine Tür führte in ein großes Ankleidezimmer mit unzähligen Schränken und Regalen.

‚Mit dem Inventar könnte man wohl eine ganze Boutique füllen', dachte sich David. Vom Wohnzimmer aus führte dann noch eine Tür zum Badezimmer.

„Was für ein Bad", sagte David laut.

„Gefällt es dir?", fragte Juliette.

„Ja, sehr", antwortete David. Das Badezimmer war wirklich riesig. Genau in der Mitte befand sich eine große runde Wanne, die in ein Podest eingelassen war. In der rechten Ecke war ein kleiner, dreieckiger Whirlpool und daneben WC und Bidet. An der linken Wand waren zwei Waschbecken und daneben eine gläserne Duschkabine. Die Wände waren komplett verspiegelt und der Raum wurde von einer Art Sternenhimmel beleuchtet. Der Boden war aus schwarzem Marmor.

„Ein wirklich tolles Bad", sagte David als er zu Juliette in die Küche ging.

„Freut mich, dass es dir gefällt. Und wie findest du den Rest der Wohnung?", fragte Juliette.

„Traumhaft, einfach toll", antwortete David.

„Ich bin auch ein bisschen stolz drauf", sagte Juliette, „ich hab nämlich nicht nur vieles selbst entworfen, sondern auch alles selbst bezahlt."

„Darauf kannst du auch stolz sein", sagte David und presste Juliette fest an sich. Hingebungsvoll umschlang Juliette David mit einem Bein und küsste ihn. Dabei streichelte David zärtlich ihr schlankes Bein und ihren zarten Fuß.

„Wollen wir vor dem Essen noch ein kleines

24

Entspannungsbad nehmen?", fragte Juliette David während sie ihn küsste.

„Eine glänzende Idee", antwortete David.

Sie nahm David an der Hand und zog ihn ins Bad. Juliette drehte den Wasserhahn auf. David zog sich Hemd und Hose aus und legte sie auf einen Stuhl. Als er sich gerade seiner Unterhose entledigen wollte, war Juliette schneller. Sie zog seinen Slip sanft herunter und streifte dabei mit ihren Händen zärtlich sein bestes Stück.

Dann ließ sie ihren weißen Mantel fallen, umarmte David und küsste ihn. Ihre weiche, gebräunte Haut berührte sanft seinen Körper.

David streichelte mit der linken Hand ihr Gesicht und mit der rechten hielt er ihren Po fest.

„Komm", flüsterte Juliette, „lass uns baden."

David und Juliette sanken sanft in das warme Wasser. Überall war duftender Badeschaum. Juliette zündete die Kerzen eines großen silbernen Kronleuchters an.

„Ist das schön", sagte David und lächelte. Juliette nickte und sah David verliebt an. Wenn sie in seine Augen sah, hatte sie immer sofort Schmetterlinge im Bauch.

„Du hast so wunderschöne Augen", sagte Juliette.

„Ich weiß", sagte David.

„Das weißt du?", sagte Juliette ironisch und gab David einen kräftigen Schubs.

„Ja, ich weiß das", sagte David und lachte dabei. „Es sind ganz die Augen meines Vaters. Er stammt aus Kroatien."

„Deine Mutter nicht?", fragte Juliette.

„Nein, meine Mutter ist Französin", antwortete David. „Dreh dich um, ich massiere dir den Rücken", sagte David.

„Du denkst an alles", sagte Juliette lächelnd und drehte sich um.

David rieb sich etwas Rosenöl in seine Hände und massierte ihr sanft die Schultern. „Mmh, ist das schön", sagte Juliette und stöhnte leise.

Jetzt ging David über zum Rücken und verwöhnte ihn. Dann

25

ließ er seine Hände nach vorne zu Juliettes Brüsten gleiten und streichelte sie, bis sie voller Erregung waren. Juliette bebte! Sie dreht sich zu David um und küsste ihn heftig und wild. Sie hätte ihn auffressen können. Juliette lag in seinem linken Arm und auf seinen Beinen. Mit seiner rechten Hand glitt er langsam vom Fuß herab bis zu ihrem Oberschenkel. Dort stoppte er.

„Weiter, bitte", wimmerte Juliette, ja sie flehte David fast an.

Natürlich war das von David genau so geplant gewesen...

Mit geschlossenen Augen und leicht geöffnetem Mund ließ Juliette ihren Kopf zurückfallen und stöhnte sanft, als David sie dort unten streichelte. Sobald er spürte, dass Juliette kurz vor dem Höhepunkt stand, wurde seine Massage wieder ruhiger und langsamer und das diverse Male. „Du bist ein Aas", sagte Juliette lächelnd.

Doch dann war es an der Zeit, sie nicht weiter zu quälen, dachte sich David.

Als es Juliette kam, strampelte sie in ihrer Ekstase so sehr, dass jede Menge Schaum und Wasser aus der Wanne spritzten.

„Oh Gott", stöhnte Juliette, „was hast du nur mit mir gemacht?" Zärtlich küsste sie David dankbar. So etwas hatte sie bisher nicht erlebt!

Jetzt setzte sich Juliette auf David und ließ zärtlich, aber wild ihr Becken kreisen. Ihr langes, nasses Haar schlug dabei immer wieder auf Davids Körper. „David, David", sagte sie wie in Trance. Ihr weißer Lippenstift war schon längst verschwunden und ihre Lippen waren blutrot vor Lust. An ihrem Körper perlten süßlich duftende Schweißperlen herab.

David konnte es nicht mehr aushalten und stöhnte lange und laut als er kam. Als Juliette ein zweites Mal kam, stöhnte sie tief und biss David vor Lust in den Hals. Dann sackte sie auf ihm zusammen und legte ihre Arme um ihn.

Juliette atmete immer noch ganz tief und sagte: „Verlass mich nie, hörst du?"

David schüttelte den Kopf und sagte: „Nie, mein Liebling."

Jetzt saßen die beiden auf dem Balkon und aßen zu Abend. Sie

26

konnten von dort aus fast die ganze Bucht von Cannes sehen und den Sonnenuntergang anschauen. David streichelte zärtlich ihre Hände.

„Du, David", sagte Juliette.

„Ja?", sagte David.

„Meine Mutter hat uns morgen Abend zum Essen eingeladen", sagte Juliette.

„Bei euch zu Hause?", fragte David.

„Ja", antwortete Juliette.

„Meinst du nicht, dass es vielleicht noch etwas zu früh ist?", fragte David.

„Nein, das denke ich nicht. Meine Mutter findet dich sehr nett und mein Vater wird dich auch mögen, das weiß ich", sagte Juliette.

„Also schön", sagte David. „Wie ist er denn so? Dein Vater, meine ich", fragte David.

„Er ist ein lässiger Typ und mag zielstrebige Männer wie dich. Ich denke ihr werdet euch gut verstehen", antwortete Juliette.

„Ich rufe dann mal meine Mutter an und sage zu, sie wird sich riesig freuen", sagte Juliette. Und ihre Mutter freute sich tatsächlich, als Juliette sie anrief.

Am nächsten Abend holte David seine geliebte Juliette mit seinem Wagen ab. David hatte sich tüchtig in Schale geworfen. Er trug einen hellgrauen Anzug, ein schwarzes Hemd, eine schwarze Krawatte und eine blitzende Krawattennadel.

Juliette trug ein rosafarbenes Abendkleid mit durchsichtigen Ärmeln und dazu Perlenschmuck. Ihr Haar trug sie hochgesteckt. Sie hatte einen verführerischen Lipgloss auf den Lippen.

„Du siehst großartig aus", sagte Juliette und gab ihm einen zärtlichen Kuss, als sie in den Wagen stieg.

„Und du erst. Einfach hinreißend", sagte David. Dann nahmen sie sich Zeit für einen langen, innigen Kuss und fuhren dann los.

„Bist du aufgeregt?", fragte Juliette.

27

David drehte seinen Kopf zu ihr und sagte: „Nein, mein Schatz."

„Gut", sagte Juliette erleichtert und lächelte David liebevoll an.

Etwas später fuhren sie den Berg hinauf zum Palais. Es war schon ziemlich dunkel, weil der Himmel stark bewölkt war.

„Euer Palais leuchtet wie ein Schloss", sagte David.

„Ja", sagte Juliette, „und ich bin deine Prinzessin."

„Das bist du", sagte David.

„Für immer?", fragte Juliette.

„Für immer", antwortete David, nahm ihre Hand und küsste sie.

Dann kamen sie zum Rondell des Palais. Vor der Tür stand ein blitzender schwarzer Jaguar. „Stell dich direkt dahinter", sagte Juliette.

„Ist das der Wagen deiner Eltern?", fragte David.

„Ja", antwortete Juliette. Es war zwar nicht der einzige Wagen den ihre Eltern besaßen, aber das würde ihr Vater David schon selber erzählen, dachte sich Juliette.

„Ein geschmackvoller Wagen", sagte David.

David stieg aus und hielt Juliette die Tür auf. „Danke, mein Schatz", sagte Juliette und gab ihm einen warmen Kuss auf den Mund.

Dann klappten sie gemeinsam das Verdeck des Cabriolets zu. David öffnete den Kofferraum und nahm einen prächtigen, bunten Blumenstrauß heraus, in dem unter anderem auch Strelitzien waren.

„Ach David, das wäre wirklich nicht nötig gewesen", sagte Juliette und meinte es auch so. „Mutter wird sich riesig freuen", sagte sie. David und Juliette gingen zur Haustür und klingelten. Juliettes Eltern öffneten die Tür und ihre Mutter sagte: „Schön, dass ihr kommen konntet." Sie umarmte nicht nur Juliette, sondern auch David.

„Die Blumen sind wundervoll, David", bedankte sich Juliettes Mutter.

„Vater, das ist David", stellte Juliette ihn vor.

28

„Freut mich sehr, David", sagte ihr Vater lächelnd.

„Mich auch, Monsieur de Sisalles, guten Abend", sagte David.

„Dann kommt mal herein", sagte der Vater.

Sie gingen in das riesige Wohnzimmer, das relativ modern eingerichtet war, wie David fand. Schließlich war Juliettes Mutter 53 und ihr Vater 64 Jahre alt. An den Wänden hingen diverse Antiquitäten und überall standen wertvolle Statuen auf den Böden. David mochte das, denn auch er interessierte sich ja sehr für so etwas.

Von der großen Fensterfront aus, die mit Marmorsäulen eingefasst war, konnte man in den Garten oder eher Park und auf den großen, beleuchteten Pool sehen. „Gehen wir doch erst mal ins Arbeitszimmer und rauchen eine gute Zigarre, David", sagte der Vater.

Juliette lächelte David zu und David sagte: „Ja, sehr gern."

„Setzen Sie sich hin", sagte Juliettes Vater und zeigte auf einen großen englischen Ledersessel. Es war ein sehr schönes Arbeitszimmer mit einem gigantischen Schreibtisch und diversen Auszeichnungen an den Wänden, die der Vater wohl für seine Winzer-Erfolge bekommen hatte. Juliettes Vater ging zu seinem Schreibtisch und holte eine Zigarrenkiste. „Bedienen Sie sich", sagte er.

„Vielen Dank", sagte David. Die Zigarre schmeckte ihm vorzüglich.

Juliettes Vater machte es sich nun auch in einem Sessel bequem.

„Keine Angst, David, ich werde Sie nicht gleich ausquetschen wie eine Zitrone. Das hat Zeit", sagte der Vater. „Sie sind Eventmanager, nicht wahr?", fragte er David.

„Ja, das stimmt", antwortete David.

„Ein stressiger Job, nicht wahr? Macht es ihnen Spaß?", fragte Juliettes Vater.

„Ja, es macht mir Spaß. Aber es ist schon sehr oft stressig, da haben Sie völlig Recht", antwortete David.

„Ja, das Leben ist eben wie eine Achterbahn, David. Man

muss alles so nehmen, wie es kommt", sagte Juliettes Vater.

„Das sind weise Worte", stimmte David zu.

„Einen Cognac von der Hausmarke gefällig, hm?", fragte Juliettes Vater.

„Da sage ich nicht nein", sagte David lächelnd. Juliettes Vater holte zwei Cognacgläser und goss welchen ein. Er reichte David ein Glas. Dann hielt er ihm seines hin und sagte: „Auf die Liebe."

„Auf die Liebe", sagte David und stieß mit Juliettes Vater an.

„Es ist ein ausgezeichneter Tropfen, Monsieur", sagte David anerkennend.

„Danke David, es war auch ein langer Weg bis zu diesem Geschmack", sagte Juliettes Vater. „Wissen Sie, David, Sie hatten wirklich großes Glück, unsere Juliette zu treffen. Sie ist etwas ganz Besonderes. Juliette ist, genau wie ihre Mutter und ich, immer auf dem Teppich geblieben – trotz des Geldes, das wir ja nun mal haben. Ihre Schwester, Sie haben sie ja schon kurz kennen gelernt, ist ganz anders als Juliette", sagte er.

„Ich bin bisher sehr glücklich mit Juliette", sagte David.

„Das haben Sie ehrlich formuliert", sagte Juliettes Vater, „das gefällt mir. Sorgen Sie dafür, dass es so bleibt, dann sind Sie ein glücklicher Mann und ich bekomme endlich Enkelkinder", sagte er und lächelte. „Kommen Sie, unsere Schätzchen werden sicher schon auf uns warten." David war zufrieden. So freundlich empfangen zu werden, das hatte er bisher noch nicht erlebt.

Nun setzten sich alle vier an den Esstisch, der im Wohnzimmer stand.

„Ich habe mir gedacht wir sitzen hier und nicht im Esszimmer", sagte Juliettes Mutter. „Hier haben wir einen guten Blick auf den Garten", sagte sie.

„Es ist alles bestens, Mutter", sagte Juliette.

Ihre Mutter hatte sich große Mühe gegeben. Sie hatte ein phantastisches Menü gezaubert und den Tisch mit Rosenblättern dekoriert. David sah noch einen gedeckten Platz am Tisch, sagte aber nichts. „Wollen wir nicht schon anfangen?", fragte Juliettes Mutter.

30

„Ja, Minou wird sich sicher wieder verspäten", sagte Juliettes Vater. „Guten Appetit."

„Guten Appetit", erwiderten die anderen.

Doch David war gar nicht wohl zu Mute, denn erstens war er sowieso nicht begeistert davon, dass Minou mitessen sollte, und zweitens lag das Gedeck rechts neben ihm!

„Es schmeckt einfach vorzüglich", sagte David und sah Juliettes Mutter anerkennend an.

„Vielen Dank, David", sagte sie und lächelte ihn an.

„Auf euch", sagte Juliettes Vater, als er sein Weinglas erhob und Juliette und David ansah.

„Auf uns", sagte David und sah erst seine Juliette und dann ihre Eltern lächelnd an. Dann tranken alle einen Schluck Rotwein.

„Auf euch", sagte Minou, als sie ins Zimmer kam.

„Setz dich, Minou, wird ja auch Zeit", sagte ihr Vater.

David wurde plötzlich ganz heiß, als er sie sah. Sie trug ein schwarzes, hautenges Kleid, dessen Dekolletee bis zum Bauchnabel ausgeschnitten war. Sie trug dazu hohe, schwarze Pumps und hatte Lipgloss auf den Lippen. Zu ihrer braunen Haut und ihrem rötlichbraunen Haar sah es einfach phantastisch aus. Einen BH trug sie natürlich nicht.

Minou legte kurz ihre warme, zarte Hand auf Davids Schulter und sagte: „Hallo, David", bevor sie sich neben ihn setzte. Durchtrieben wie sie war, schob sie bereits beim Hinsetzen ihr Kleid so hoch, dass man ihr schon fast zwischen die Schenkel blicken konnte. Juliette, die David gegenüber saß, merkte davon nichts. „Einen guten Appetit euch allen", sagte Minou und begann zu essen. Als Minou ihr Weinglas hob, um zu trinken, sah David ihre Hand an. Sie hatte dunkelroten Nagellack auf den Nägeln.

Geradezu graziös nippte sie an ihrem Weinglas und ließ nach dem Trinken ihren feuchten Mund noch etwas offen und sah David tief in die Augen. David fiel es schwer, sich auf das Essen zu konzentrieren, denn den Geruch von Minous Parfüm konnte er ebenso riechen wie ihren lieblichen Körpergeruch.

Obwohl David wirklich in Juliette verliebt war und ernste Absichten hatte, traf genau das ein, was er befürchtet hatte. Sein Kopf sagte Nein – aber sein Bauch schrie geradezu ein Ja heraus.

David wusste schon jetzt, dass er Minous Reizen irgendwann erliegen würde. Als er mit dem Essen fertig war, sah er auf seinen Schoss, um seine Serviette aufzunehmen. Doch er sah auch noch etwas anderes!

Minou hatte ihr schwarzes Kleid inzwischen so weit hochgezogen, dass er ihren Venushügel sehen konnte, der von einem schwarzen Slip mit Spitze umhüllt war. Zusammen mit ihren wunderschönen Schenkeln war das ein Anblick, der für ihn kaum auszuhalten war.

Er sah Juliette unschuldig an und lächelte ihr zu.

„Hat es dir geschmeckt, mein Schatz?", fragte Juliette etwa eine Stunde später.

„Es war großartig, mein Liebling", antwortete David. Er blickte durch die große Fensterfront auf den Garten, um sich abzulenken, allerdings über Minous Dekolletee hinweg!

Er konnte ihren wohlgeformten Busen sehen. Minou bemerkte seine Blicke genau und sah ihn mit ihren rassigen Augen an. Sie wusste, dass sie David gewinnen würde.

Die arme Juliette ahnte jedoch nichts. Auch Juliettes Eltern nicht.

„Sie haben einen schicken Wagen, David", sagte Juliettes Vater.

„Danke", sagte David.

„Welches Baujahr hat Ihr Mercedes?", fragte Juliettes Vater.

„Es ist ein 68er", antwortete David.

„Es ist wirklich ein Schmuckstück, Sie haben Geschmack", erwiderte Juliettes Vater.

„Man muss Schmuckstücke nur erst mal erkennen, nicht wahr, David?", sagte Minou und sah David lustvoll an.

„Ja, das stimmt", sagte David. „Sie haben auch einen sehr schönen Wagen, Monsieur."

„Sie meinen den Jaguar? Ja, es ist ein komfortables Auto.

32

Interessieren Sie sich für Autos, David?", fragte Juliettes Vater.

„Ja", antwortete David.

„Kommen Sie mit in die Garage, ich zeige Ihnen was", sagte Juliettes Vater.

„Bis gleich", sagte David zu Juliette und gab ihr einen Kuss.

„Bis gleich, Schatz", sagte Juliette. David folgte Juliettes Vater durch den Garten in die riesige Garage.

„Das sind meine Schätzchen", sagte Juliettes Vater und deutete mit seinem Arm auf seine Wagen. „Den Mercedes Geländewagen brauche ich für die Fahrt in den Weinbergen. Den roten Porsche nehme ich, wenn ich zum Golf fahre oder zum shoppen, das weiße Jaguar Coupé ist ein 72er, eine echte Seltenheit, mit der ich fast nie fahre und das blaue Mercedes Cabriolet da hinten gehört meiner Frau. Es ist zwar nicht so schön wie Ihres David, aber sie liebt es", sagte Juliettes Vater.

„Eine stolze Armada", sagte David, „besonders das Jaguar Coupé. Und wem gehört das schwarze Cabriolet da hinten?", fragte David.

„Es gehört Minou, ein Ferrari Modena, passt zu ihr, oder?", fragte Juliettes Vater und lächelte.

„Ja, er passt zu ihr", antwortete David.

„Juliette ist etwas anspruchsloser als Minou. Kennen Sie ihr Auto?", fragte Juliettes Vater.

„Nein", antwortete David.

„Sie hat ein blaues Saab Cabriolet, ein schöner Wagen. Und lange nicht so teuer wie ein Ferrari", sagte Juliettes Vater.

„Sie ist eben eine kluge Frau", sagte David.

„Ja das ist sie. Und sie hat es verdient glücklich zu sein. Wissen sie das mit Jean?", fragte Juliettes Vater.

„Nein", antwortete David.

„Juliette und er wollten heiraten. Doch irgendwann merkte Juliette, dass er fremdging und nur auf ihr Geld aus war", sagte ihr Vater.

„Und dann?", fragte David.

„Juliette hat ihm den Laufpass gegeben, aber leider erst sehr spät. Sie hat sehr darunter gelitten", sagte Juliettes Vater.

„Wie lange ist das her? Mit der Trennung meine ich", fragte David.

Ihr Vater setzte sich auf den Kotflügel seines Porsche, verschränkte die Arme und antwortete: „Zwei Jahre."

„Glauben Sie, Juliette hat es schon verarbeitet?", fragte David.

„Ich denke schon, sie ist ein starkes Mädchen. Trotzdem ist sie aber sehr verletzlich", antwortete ihr Vater. „Ich mag Sie, David, Sie sind ein Ästhet und kein Machotyp. Gehen Sie gut mit Juliette um, dann stehen Ihnen viele Türen offen", sagte er freundlich, aber bestimmt. „Wissen Sie, ich habe leider nie einen Sohn bekommen. Zwar habe ich zwei großartige Töchter, doch ich hätte auch gern einen Mann in unserer Firma. Aus den eigenen Reihen, verstehen Sie, David?"

„Ich verstehe sehr gut", sagte David.

Juliettes Vater stand auf und klopfte David freundschaftlich auf die Schulter. „Kommen Sie, wir gehen zurück ins Haus. Aber unser kleines Gespräch bleibt unter uns. Ich möchte nicht, dass Juliette das Gefühl hat, dass ich mir einen Schwiegersohn kaufen will", sagte er.

David nickte. Die beiden gingen zurück ins Haus. Der Tisch war inzwischen abgedeckt. Juliettes Mutter, Minou und Juliette saßen nun auf der riesigen Couch und plauderten. „Da seid ihr ja", sagte Juliettes Mutter. Sie schenkte David und ihrem Mann ein Glas Champagner ein und reichte beiden ein Glas. „Vielen Dank, Madame", sagte David.

„Sie dürfen mich Elaine nennen", sagte sie.

„Gut. Vielen Dank, Elaine", sagte David lächelnd.

„Und mich dürfen Sie Philippe nennen", sagte Juliettes Vater.

„Gern, Philippe", sagte David. David umarmte Juliette, die neben ihm saß, zufrieden. Dann gab er ihr einen zärtlichen, aber harmlosen Kuss.

„Worauf stoßen wir an?", fragte Elaine.

„Auf die Treue", schlug Minou vor.

Philippe sah seine Frau etwas verwundert an, zuckte mit den

34

Schultern und sagte: „Warum nicht? Ja, auf die Treue."

Dann stießen alle ihre Gläser zusammen. Minou senkte etwas ihren Kopf und starrte David entschlossen und lustvoll in die Augen.

David wusste nur allzu gut, was Minou damit meinte.

Minou saß David genau gegenüber. Sie schlug langsam ihre Beine übereinander und zupfte sich ihr enges Kleid zurecht.

Während sich David mit Juliettes Vater über Weine unterhielt, plauderten Juliette und ihre Mutter über Reisen.

Nur Minou saß ganz still, schien aber nicht gelangweilt, denn sie starrte David direkt auf die Hose und öffnete dabei leicht ihren Mund. Dann strich sie sich mit ihrer rechten Hand sanft durchs Haar und warf ihren Kopf dabei zurück. Jetzt schob sie ihre Hand in ihr Dekolletee und streichelte sich mit dem Zeigefinger kurz den Busen. Sie sah David weiter an und führte ihre Fingerspitze zärtlich an ihre Unterlippe und leckte kurz daran. David wusste nicht mehr ein noch aus.

‚So ein teuflisches Luder', dachte er sich.

Ihre dunkelroten Fingernägel an ihren weichen, mit Lipgloss geschminkten Lippen zu sehen, war eine Verlockung, der wohl kein Mann hätte wiederstehen können.

‚Was soll ich nur tun?', fragte sich David. Würde er Minou weiterhin so anstarren, würde selbst ein Blinder bemerken, was hier lief.

„Entschuldige Philippe, ich muss mal kurz austreten", sagte David.

„In der Eingangshalle, zweite Tür rechts", sagte der Vater.

David ging zielstrebig zur Toilette. Würde er sich jetzt umdrehen, sagte er sich, würde Minou ganz sicher nachkommen. Durchtrieben wie sie war, hätte sie keinerlei Hemmungen.

Also drehte er sich nicht um! Er ging durch die Tür und verschloss sie sofort. Dann lehnte sich David gegen die Wand. Er hob den Kopf und atmete tief aus.

‚Mein Gott', dachte er, ‚was für eine Frau.' Er dachte an Minou. Er blieb ungefähr zwei Minuten lang im Bad. Dann nahm er sich ein Handtuch und tupfte sich den Schweiß von der Stirn. Er trank noch einen Schluck Wasser, trocknete sich den Mund ab und schloss die Tür auf.

Als er sie aufmachte, stand dort Minou. Sie hatte die Beine übereinander geschlagen und hatte sich mit einem Arm gegen den Türrahmen gelehnt.

„Na, mein Lieber", sagte sie mit lustvoller Stimme und wollte David gerade zur Tür herein schieben. David nahm ihre Handgelenke und drückte Minou gegen die Wand. Sein Körper war gegen ihren gepresst und Minou bebte vor Lust. Sie öffnete ihren Mund und neigte ihren Kopf leicht zur Seite um David zu küssen.

David atmete tief und führte seine Lippen langsam zu ihren. Nur noch ein paar Millimeter trennten die Lippen der beiden.

Und dann zog David seinen Mund weg, ließ ihre Handgelenke los und ging aus dem Bad heraus. Beim Gehen drehte er sich kurz um und sagte: „Jetzt spielen wir mein Spiel", und lächelte. Dann ging er fort.

Minou war fassungslos, stellte sich vor den Spiegel und lehnte sich auf den Waschtisch. Sie sah in den Spiegel und sagte zornig zu sich: „Ich kriege dich, ich kriege dich." Sie schüttelte ihren Kopf, glitt sich mit ihrer Hand durchs Haar und verließ das Bad.

David war inzwischen schon wieder bei Juliette und ihren Eltern. Sie ahnten nichts. Dann kam auch Minou zurück.

Inzwischen war es schon nach Mitternacht. „Wir sollten gleich fahren", sagte David zu Juliette.

„Ja, Schatz, ich bin auch schon sehr müde", sagte Juliette. David bedankte sich dann bei Juliettes Eltern für den schönen Abend.

Er reichte ihrem Vater freundschaftlich die Hand und gab ihrer Mutter einen kleinen Kuss auf die Wange.

„Und was ist mit mir?", fragte Minou. David sah Juliette an. Sie lächelte und nickte. David drehte sich zu Minou um und gab ihr einen zärtlichen, aber unauffälligen Kuss auf die Wange. Minou drehte sich David dabei ein bisschen zu und flüsterte:

36

„Bis bald, David."

Minou roch so verlockend und ihre Haut war weich wie Seide, dachte sich David. Nur allzu gern hätte er ihre mit Lipgloss geschminkten Lippen gespürt.

Dann stiegen David und Juliette in Davids Cabriolet und fuhren los.

„Es war ein toller Abend", sagte David. „Deine Eltern sind phantastisch, so offen und sympathisch."

„Ja, das sind sie. Sie sind wirklich tolle Eltern. Und wie findest du Minou? Warum hast du dich eigentlich nie mit ihr unterhalten? Magst du sie nicht?", fragte Juliette.

„Es hat sich einfach keine Gelegenheit ergeben", sagte David und drehte seinen Kopf zu Juliette. „Sie ist nett, glaube ich. Aber mein Typ wäre sie überhaupt nicht", log David Juliette an.

„Sie ist nicht einfach, aber trotzdem verstehen wir uns. Meistens jedenfalls", sagte Juliette. Am liebsten hätte David Juliette natürlich nach diesem Jean gefragt, aber er hatte sich das verkniffen. Irgendwann würde Juliette ihm schon davon erzählen, dachte er.

Sie fuhren zu Juliettes Appartement. Im Fahrstuhl küsste Juliette David zärtlich und umarmte ihn. „Ich bin froh, das ich dich habe", sagte Juliette. David küsste sie und legte seine Hand auf ihren Po. Doch in Gedanken war es nicht ihrer...

Sie schliefen schnell ein, nachdem sie zu Bett gegangen waren. Sie waren zu müde, um noch miteinander zu schlafen. In dieser Nacht schlief David sehr unruhig. Schon beim Einschlafen dachte er nur noch an die Reize, die Minou ihm am Abend zugeworfen hatte. Jetzt träumte er von ihr.

Im Traum sah er Juliette erstochen im Swimmingpool ihrer Eltern treiben. Neben dem Pool waren Minou und er. Sie ritt ihn wie wild, während er immer wieder zu Juliette herübersah, die leblos im Wasser trieb.

„Nein", schrie David und wachte auf.

Juliette wachte auch auf und fragte: „Was ist, Schatz, hast du schlecht geträumt?"

David war schweißgebadet und atmete hastig. Er drehte

seinen Kopf zu Juliette und sagte: „Es ist nichts, nur ein Albtraum."

„Komm her", sagte Juliette und zog David zu sich in den Arm. David legte seinen Kopf auf ihre Brust und Juliette streichelte ihm sanft sein blondes, verschwitztes Haar. Dann schliefen beide wieder ein.

Am nächsten Tag waren dann beide auf ihrer Arbeit. Juliette saß gerade in ihrem Büro und diskutierte mit ihrer Assistentin über ein Etikett für eine neue Weinsorte. Plötzlich klingelte das Telefon.

Die Assistentin ging ran. „Es ist für Sie, Madame. Ihre Schwester", sagte die Assistentin.

Juliette nahm den Hörer in die Hand und sagte: „Hallo Minou, wie geht's dir?"

„Prächtig, Schwesterchen, prächtig", sagte Minou, als sie gerade mit ihrem Ferrari über die Landstrasse raste.

„Gibt's was Besonderes?", fragte Juliette.

„Ich wollte eigentlich nur sagen, dass es gestern ein sehr schöner Abend war. Mutter und Vater sind begeistert von David", sagte Minou.

„Und du? Wie findest du ihn, jetzt wo du ihn ein bisschen besser kennen gelernt hast?", fragte Juliette.

„Er ist ein echter Gentleman. Du hattest Recht, David ist nicht wie Ron. Du hast wirklich Glück, Schwesterchen, ich freue mich so für dich", sagte Minou.

„Das ist lieb von dir", sagte Juliette. „Aber du lässt die Finger von ihm, klar?", sagte Juliette lächelnd. Denn auch wenn ihr am Abend zuvor nichts aufgefallen war, kannte sie ihre große Schwester ganz genau.

„Er ist doch gar nicht mein Typ. Er müsste schon mindestens so eine Yacht wie Ron besitzen, um bei mir zu landen, das weißt du doch", sagte Minou.

„Ja, das weiß ich", sagte Juliette und lachte.

„Ich muss jetzt Schluss machen", sagte Minou.

„Ist gut, bis dann", sagte Juliette.

„Bis dann", sagte Minou und legte auf. Minou lächelte, als

38

sie mit ihrem Wagen Vollgas gab. Geschickt hatte sie Juliette den Wind aus den Segeln genommen. Jetzt würde Juliette bestimmt nicht misstrauisch werden, wenn Minou David mal zu nahe kommen würde.

Die Tage vergingen und David und Juliette verbrachten eine schöne Zeit und erlebten viele erotische Momente. Doch immer wieder musste David an Minou denken. Oftmals schlief er in Gedanken mit Minou und nicht mit Juliette!

Eines Tages war David auf dem Grundstück eines Bauunternehmers, um dort Details für eine Verlobungsparty zu besprechen. Davids Telefon klingelte.

„Entschuldigen Sie bitte, Monsieur Parnasse", sagte David. Er entfernte sich ein paar Meter und fragte: „Hallo?"

„David, alter Charmeur, wie geht's dir?", fragte Ron.

„Hallo Ron, wie geht's?", fragte David.

„Mir geht's gut, David. Und dir ja wohl auch, so wie ich gehört habe", sagte Ron.

„Gehört? Von wem?", fragte David.

„Warte mal einen Moment", sagte Ron.

„Hallo, mein Prinz", sagte Minou!

„Minou, äh, wie geht's dir?", fragte David. Er war völlig überrascht!

„Ausgezeichnet, mein Lieber. Können wir uns sehen?", fragte Minou.

„Ich weiß nicht, ich kann jetzt nicht sprechen", antwortete David genervt.

„Gut, ich rufe später noch mal an, mein Süßer", sagte Minou und legte auf. Völlig verdutzt sah David sein Handy an und war sprachlos. Er hatte Ron doch tausendmal eingebläut, dass niemand seine Nummer bekommen sollte. Aber Minou hatte ihn erfolgreich eingewickelt!

David widmete sich wieder seinem Geschäftskunden, dachte aber zwischendurch immer wieder an Minou. Am Abend wollte er dann gerade nach Hause fahren, als wieder sein Handy klingelte.

„Hallo", sagte David.

„Hallo, mein Schatz", sagte Juliette.

„Äh, hallo Juliette", sagte David erleichtert.

„Wo bist du gerade?", fragte Juliette.

„Ich bin auf dem Weg nach Hause", antwortete David.

„War das Geschäft erfolgreich?", fragte Juliette.

„Ja, sehr sogar", antwortete David.

„Das freut mich. Okay, wir sehen uns dann ja später bei mir. Ich denke ich habe noch bis ca. 22 Uhr im Büro zu tun, dann sehen wir uns ja", sagte Juliette.

„In Ordnung. Ich liebe dich", sagte David.

„Ich dich auch", sagte Juliette und legte auf.

David fuhr nach Hause. Er setzte sich auf seinen Balkon, trank ein kühles Bier und rauchte eine Zigarette, während er in seinem Liegestuhl lag. Er war zufrieden mit sich selbst. Alles lief heute wie am Schnürchen. Aber Minou ging ihm nicht aus dem Kopf. Er wusste selbst nicht genau, ob er nun auf Minous Anruf wartete oder nicht. Plötzlich klingelte das Handy.

„Hallo", sagte David abwartend als er ran ging.

„Hast du schon auf meinen Anruf gewartet?", fragte Minou.

„Kann schon sein", antwortete David spontan und tat dabei gleichgültig.

„Ich muss dich sehen, heute noch", sagte Minou.

„Das geht nicht, ich fahre nachher noch zu Juliette", sagte David.

„Fahr doch einfach nicht hin, Liebster, lass dir eine Ausrede einfallen, hm?", sagte Minou.

„Tut mir Leid, Minou, es geht nicht", sagte David.

„Gut, dann ein anderes Mal, Darling", sagte Minou und legte auf. David atmete tief aus und steckte sich noch eine Zigarette an. Er hatte sie erst mal abgewimmelt. Doch irgendwie war es ihm gar nicht so recht, denn mit jedem Tag, an dem er sie nicht sah, wurde sein Verlangen nach ihr größer!

Gegen 21 Uhr fuhr David mit seinem Wagen immer wieder im Kreis herum, weil er vor dem Haus, in dem Juliettes Appartement lag, keinen Parkplatz fand. David hatte einen Wohnungsschlüssel und so konnte er ruhig schon früher da

40

sein. Er musste schließlich zwei Strassen weiter parken. Vor der Tür gab es leider nur einen Stellplatz pro Appartement. Er ging den Fußweg entlang in Richtung Juliettes Haus.

Als er kurz vor der Haustür war, hörte er von hinten ein kräftiges Motorengeräusch heranrasen. Plötzlich hörte er ein scharfes Bremsen und drehte sich um.

Es war Minou in ihrem schwarzen Ferrari. Sie ließ den Motor weiterlaufen, nahm ihre schwarze Sonnenbrille ab und sagte: „Steig ein!" David war baff.

‚Dieses Luder. Fängt mich direkt vor der Haustür ihrer Schwester ab', dachte sich David. Aber Minou sah einfach zu sexy aus, um Nein zu sagen. Sie trug ein enges schwarzes Top und einen sehr, sehr kurzen Minirock. In ihr Haar hatte sie ein weißes Tuch gebunden.

David überlegte, strich sich mit seinen Fingern durchs Haar und stieg ein! Jetzt gab es kein Zurück mehr. Kaum hatte David die Tür des Wagens zugeschlagen, gab Minou Vollgas und raste los.

Der Fahrtwind peitschte in ihr langes rotbraunes Haar. Die Sonne blitzte in ihrer Sonnenbrille und ihre langen, sonnengebräunten Schenkel schienen wie mit Klarlack überzogen.

David fühlte sich plötzlich frei, völlig frei. „Wie viel Zeit haben wir?", fragte Minou als sie ihren Kopf zu David drehte.

David schaute auf die Uhr. Es war 21.10 Uhr. „Wenn ich rechtzeitig zurück sein soll, dann 40 Minuten", antwortete David.

„Das reicht", sagte Minou und sah ihn lustvoll an.

„Wohin fahren wir?", fragte David.

„Es ist nicht mehr weit", antwortete Minou und griff David an sein bestes Stück. David legte seinen Kopf zurück und stöhnte leise. Doch Minou nahm ihre Hand wieder zurück ans Lenkrad, denn einen Ferrari muss man nicht fahren, sondern bändigen.

Als sie durch Cannes direkt an der Strandpromenade entlang fuhren, bremste Minou plötzlich scharf und bog auf einen

Parkplatz ab.

Blitzschnell stand sie in einer Parklücke. Obwohl es schon stark dämmerte, standen noch jede Menge andere Autos dort und auch die Promenade war noch nicht leer.

David zog Minou gierig an sich und küsste sie wild und leidenschaftlich. Während sie sich küssten, betätigte Minou das elektrische Verdeck des Wagens. Minou drückte einen Knopf und der Fahrersitz bewegte sich in Liegeposition. David drückte jetzt auch auf seinen Knopf.

Er streichelte ihr sanft durchs Haar und küsste sie auf den Hals. Dann schob er seine Hand unter ihr Top und schob es hoch. Leidenschaftlich küsste er ihre prallen Brüste. Minou bebte vor Ekstase. Sie drückte David zärtlich zur Seite und stieg zu ihm auf den Sitz. Schnell und gekonnt hatte sie seine Hose geöffnet und griff nach seinem besten Stück und massierte ihn mit der Hand, während sie sich an Davids Lippen festsaugte.

Minou stöhnte laut, als sie sich auf David setzte. Das entging auch einigen Passanten nicht! Aber David war es im Moment egal und Minou sowieso. Sie ritt David wie wahnsinnig, genau wie in seinem Traum! Die Scheiben des Ferraris fingen an zu beschlagen. Minou streckte einen Arm zur Tür und betätigte die elektrischen Fensterheber. Aber auch das war egal! David kam es sehr schnell, zu lange hatte er auf diesen Moment gewartet. Es war ein unglaublicher Höhepunkt für ihn. Minou ließ weiter ihr Becken kreisen. Der Schweiß hatte ihr Top durchnässt und ihr Körper glitzerte im Licht der Dämmerung. Als sie zum Höhepunkt kam, stöhnte sie. Immer lauter und lauter, bis sie zusammensackte und David zärtlich küsste. Ihre beiden Gesichter waren nassgeschwitzt. Minous Haut zu berühren, ließ David einen Schauer über den Rücken laufen. Minou nahm Davids Gesicht zwischen ihre Hände, blickte ihm tief in die Augen und sagte: „Ich lass dich nie wieder los, hörst du?"

Dann küsste sie David ganz langsam und leidenschaftlich. David wusste, dass sie es ernst meinte, sagte aber nichts. Die beiden zupften sich ihre Kleidung zurecht und fuhren los.

Es war jetzt 21.44 Uhr. Minou trat kräftig auf das Gaspedal

des Ferrari und so konnten sie schon um 21.51 Uhr ein kleines Stück entfernt von Juliettes Haus anhalten. Minou beugte sich zu David herüber und sagte: „Das war erst der Anfang. Du kannst von mir alles haben. Ich liebe dich, David!"

Dann küsste David Minou. Er wäre am liebsten bei ihr geblieben und sein Herz schlug wie verrückt. Dann nahm er ihren Kopf in die Hand und küsste sanft ihre Stirn. Er streichelte zärtlich mit seinem Daumen über ihre Lippen und sagte: „Denk an mich, mein Schatz. Ich liebe dich auch."

Dann ging er ein paar Meter um eine Straßenecke und verschwand in der Haustür. Eilig rannte er zum Fahrstuhl und fuhr hoch.

David schaffte es gerade noch unter die Dusche zu springen, bevor Juliette in ihr Appartement kam.

‚Das war knapp', dachte sich David, denn allein seine verschwitzte Kleidung hätte genügt, um Fragen aufkommen zu lassen. Ganz abgesehen von dem Geruch einer anderen Frau.

„Hallo, mein Schatz", sagte Juliette, als sie das Badezimmer betrat.

„Oh, hallo", sagte David und drehte sich in der Dusche zu ihr um.

„Ich bin gleich fertig", sagte David.

„Ist gut", sagte Juliette und ging ins Wohnzimmer. Sie sah seinen Kleiderhaufen auf dem Boden liegen. „Du musst es aber eilig gehabt haben", sagte sie zu David, der gerade die Dusche abstellte.

„Warum?", fragte er.

„Du legst doch sonst immer alles so penibel hin", antwortete Juliette.

„Ich war spät dran Schatz, entschuldige", sagte David.

„Schon gut", sagte Juliette und hob seine Sachen auf. „Die sind ja ganz durchgeschwitzt", sagte Juliette verwundert.

Nun geriet David ins Schwitzen! „War halt ein stressiger Tag", sagte David.

„Ich denke es lief alles so gut?", fragte Juliette. „Außerdem hattest du doch schon seit Stunden Feierabend." David antwortete nicht darauf. Dann kam Juliette mit seinem Hemd zum Badezimmer herein und hielt es ihm hin und sagte: „Hier, riech mal, mein Goldstück!"

„Was soll ich riechen?", fragte David.

„Riech!", schrie Juliette ihn an. David nahm sein weißes Hemd und hielt es sich an die Nase.

„Tut mir Leid, ich kann nichts besonderes riechen", sagte er.

„Ach wirklich nicht, du Unschuldslamm, hm?", fragte Juliette. „Es riecht nach Extase du Nuit", sagte sie streng. „Ich wusste nicht, dass du neuerdings ein Fable für Damendüfte hast, mein Schatz."

„Claire, meine Chefin benutzt es", sagte David spontan.

„Claire?", fragte Juliette misstrauisch.

„Ja, Claire", sagte David.

„So, so. Und warum bist du deiner Claire so furchtbar Nahe gekommen?", fragte Juliette. „Du bist ein Idiot, David. Hättest du deine Klamotten wie immer ins Schlafzimmer gelegt, wäre ich nie auf die Idee gekommen, daran zu riechen", sagte Juliette. David ging auf Juliette zu und wollte sie in den Arm nehmen, doch sie stieß ihn wütend weg.

„Es gibt eine ganz einfache Erklärung, Juliette", sagte David. „Claire und ich verstehen uns gut. Wenn ein Geschäft gut gelaufen ist, nimmt sie mich manchmal in den Arm und drückt mich, genau wie heute! Ist doch nichts dabei. Und dass Claire sich so sehr mit ihrem Parfüm eingesprüht hat, ist doch nicht meine Schuld", erklärte David.

„Und warum hast du so geschwitzt?", fragte Juliette skeptisch und verschränkte ihre Arme.

„Ich war spät dran und bin die Treppen hochgelaufen, statt den Fahrstuhl zu nehmen", sagte David und zeigte zur Haustür. „War eben keine gute Idee", fügte David hinzu. „Bitte glaube mir, Juliette, es sind alles nur dumme Zufälle – nichts weiter. Ich liebe dich so sehr, ich würde unsere Beziehung niemals aufs Spiel setzen!", sagte David.

Und Juliette glaubte ihm. Hätte sie gewusst, dass David und Claire einmal eine Liaison gehabt hatten, wäre das sicher nicht

44

so gewesen. Juliette fing an zu weinen und fiel in Davids Arme.

„Es tut mir so Leid, David", schluchzte sie. „Bitte verzeih mir, bitte!"

„Ist ja schon gut", sagte David und drückte die arme Juliette, die völlig aufgelöst war, fest an sich. Dann küsste sie David hingebungsvoll und zärtlich. Sie legten sich auf die Couch und lagen Arm in Arm da.

„Bist du mir auch wirklich nicht mehr böse?", fragte Juliette, die sich wieder etwas beruhigt hatte.

„Nur noch ein kleines bisschen", antwortete David und lächelte Juliette an. Juliette lächelte zurück, gab David einen Kuss und legte ihren Kopf auf seine Brust.

Dann hob Juliette ihren Kopf und sagte: „Bitte schlaf mit mir, David."

Obwohl sein Körper sich von dem Sex mit Minou noch gar nicht richtig erholt hatte, machte David Juliettes Bademantel auf und streichelte zärtlich ihren Venushügel. Juliettes Körper begann zu beben und bewegte sich auf und ab.

‚Sie ist so hingebungsvoll', dachte sich David. Er war sich nicht darüber im Klaren, welche der beiden Frauen er mehr liebte. In diesem Moment war es jedenfalls Juliette. Er drang jetzt vorsichtig in sie ein und verwöhnte sie. Ganz leise stöhnte sie: „David, mein David."

Als sie beide zum Höhepunkt kamen, drehte sich Juliette etwas zur Seite und sah ihn ganz erwartungsvoll mit ihren hübschen blaugrauen Augen an.

„Was denkst du gerade?", fragte David.

„Ich bin wirklich glücklich mit dir, David. Du bist genau so, wie ich mir meinen Traummann immer vorgestellt habe", sagte sie und legte sich auf den Rücken. „Du siehst unglaublich gut aus, hast Charisma, bist fleißig, nicht geldgierig und bist ehrlich. Und auch noch treu", fügte Juliette hinzu.

„Nun übertreib mal nicht", sagte David lächelnd.

„Tu ich nicht", sagte Juliette.

„Machst du wohl", sagte David, bückte sich über sie und hielt ihre Handgelenke fest.

„Heirate mich, David", sagte Juliette und sah ihn erwartungsvoll an.

David ließ ihre Handgelenke los. „Meinst du nicht, dass es noch etwas zu früh ist?", fragte David.

„Nein", antwortete Juliette.

„Gut, ich denk drüber nach", sagte David.

„Aber nicht zu lange", sagte Juliette. Dann zog sie ihn zu sich runter und küsste ihn leidenschaftlich.

Später schliefen sie dann eng umschlungen ein.

Am nächsten Tag rief Juliette David in seinem Büro an. „Hallo", sagte David.

„Guten Morgen, mein Schatz", sagte Juliette.

„Guten Morgen, Liebling", sagte David.

„Ich wollte dich nur an die Party von Monique und Vivian erinnern, heute Abend. Du hast es doch nicht vergessen, oder?", fragte Juliette.

„Natürlich nicht", sagte David.

„Sonst alles klar bei dir?", fragte Juliette.

„Ja, alles klar, bei dir auch?", fragte David.

„Alles bestens. Also, ich hol dich dann um 19 Uhr ab, okay?", fragte Juliette.

„Ich freu mich auf dich", sagte David.

„Ich freu mich auch auf dich, mein Schatz", sagte Juliette. Dann legte Juliette auf.

Monique und Vivian waren zwei sehr gute Freundinnen von Juliette und wollten am Abend zusammen ihren Geburtstag feiern, denn sie hatten beide heute Geburtstag.

Kurz vor 19 Uhr parkte Juliette mit ihrem dunkelblauen Cabriolet vor der Hotelanlage, in der David sein Appartement hatte. Dann kam David aus der Glastür heraus. Er hatte einen schneeweißen Anzug an. Darunter trug er ein schwarzes Hemd. Den Kragen ließ er offen, genau so wie sein Sakko. Er sah sehr leger aus...

Er stieg in Juliettes Auto und sie gaben sich einen zärtlichen Kuss.

„Da muss ich wohl auf dich aufpassen, so gut wie du aussiehst, hm?", sagte Juliette und zwinkerte David mit einem Auge zu.

„Pass du mal lieber auf dich auf", sagte David, als er Juliette betrachtete. Sie trug einen rabenschwarzen Catsuit und hohe Stöckelschuhe. Dazu trug sie ein langes Diamantcollier und einen Strassgürtel. Das Collier lag geschützt zwischen ihren prallen Brüsten verborgen. Ihre Lippen waren dunkelrot geschminkt und mit einem Konturenstift umzogen. Ihr Haar war zu einem Zopf gebunden und sie trug ein schwarzes Haarband.

„Du siehst umwerfend aus", sagte David.

„Danke, mein Schatz", sagte Juliette. Juliettes Anblick blieb nicht ohne Folgen. David war hocherregt und wäre am liebsten sofort über sie her gefallen. Als sie losfuhren, legte Juliette ihre rechte Hand auf Davids Oberschenkel und streichelte ihn. Lustvoll sah sie zu David herüber. Dabei hatte sie ihren Mund leicht geöffnet.

‚Ist sie vielleicht wirklich die ideale Frau für mich?', fragte sich David. ‚Ich könnte doch eigentlich so glücklich sein', dachte er.

Nach wenigen Minuten waren sie schon am Ziel. Das kleine Haus von Monique lag in Antibes, wo auch David wohnte. Sie parkten an der Strasse und stiegen aus.

Aus dem Haus erklang schon leise die Musik. Die Haustür stand offen. Monique und Vivian feierten ihren Geburtstag nach, so dass sie ihre Geschenke schon bekommen hatten. David und Juliette begrüßten auf dem Weg zum Garten alle die sie trafen mit einem Hallo.

Diverse Frauen drehten sich nach David um und lächelten ihm zu.

„Erfolgreicher Auftakt, Schatz", sagte Juliette, denn sie hatte es sehr wohl bemerkt!

Jetzt waren sie auf der Terrasse und Juliette suchte mit Blicken ihre Freundinnen. „Da sind sie ja", sagte Juliette. „Komm." David und Juliette gingen auf die beiden Frauen zu,

47

die auf einer kleinen Mauer saßen und sich mit einer anderen Frau unterhielten. Der Garten war niedlich mit Kerzen und Fackeln geschmückt. Es war eine herrlich warme Abendluft.

„Das ist er also", sagte Monique zu Juliette. Monique stand auf und gab David einen kleinen Kuss auf die Wange. Das war David nicht unangenehm, denn Monique war eine sehr attraktive Frau. Sie hatte dunkelbraune, lockige Haare und blaue Augen. Sie trug ein hellgraues, halblanges, enges Kleid mit einem sehr weiten Ausschnitt, worunter ihre Brustansätze verborgen waren.

Sie war eher ein heller Typ, fast überhaupt nicht gebräunt und trug einen knallroten Lippenstift.

‚Sie hat was', dachte sich David.

Von Vivian bekam er auch einen kleinen Begrüßungskuss. Sie war auch irgendwie niedlich, sah aber aus wie viele andere Frauen auch. Blonde Dauerwelle, enges Jeanskleid, orangefarbenen Nagellack und orangefarbener Lippenstift.

‚Die richtige Frau – für den richtigen Mann', dachte sich David.

Vivian war nicht Davids Typ. Außerdem hatte David sich vorgenommen, höchstens ein bisschen zu flirten – mehr nicht! David verstand es, Frauen so heiß zu machen, dass sie vor Begierde fast verglühten. Dabei musste er noch nicht einmal etwas sagen, wenn er nicht wollte...

„Tanzen wir?", fragte David Juliette.

„Gern, mein Schatz", antwortete Juliette. Die beiden tanzten langsam und eng umschlungen. Juliette sah David dabei verliebt in die Augen – und er ihr.

„Wie gefällt es dir hier, Schatz?", fragte Juliette.

„Gut, wirklich gut", antwortete David.

„Und Monique und Vivian, wie findest du sie?", fragte Juliette.

„Sie sind sehr nett, glaube ich", antwortete David.

„Hast du gesehen, wie Monique dich angesehen hat?", fragte Juliette.

„Nein", antwortete David.

48

„Ich schon", sagte Juliette und lächelte verschmitzt dabei. David drückte Juliette an sich und sah unauffällig zu Monique herüber. Sie saß jetzt allein auf der Mauer und hatte ihre Beine übereinander geschlagen. Ihr Kleid war am Bein geschlitzt und so konnte David sehen, dass sie zierliche und schöne Beine hatte. In der Hand hielt sie ein Glas Champagner. Als sie Davids Blick bemerkte, nippte sie zärtlich an ihrem Glas und strahlte David mit ihren blauen Augen an.

David lächelte ein klein wenig und küsste dann Juliettes weichen warmen Mund. Ihr Kuss war so zärtlich, dass Juliettes Schoß ganz heiß wurde.

„David", flüsterte Juliette ihm leise ins Ohr bevor sie ihm zärtlich ins Ohrläppchen biss. Dann küsste sie wieder Davids Mund. Er glitt mit seiner Zungenspitze sanft über das Innere ihrer Unterlippe. Dann griff er nach ihrem Po und drückte ihn sanft. Jetzt küsste er sie wieder. Beide hatten ihre Augen geschlossen.

Doch David öffnete plötzlich seine, während er Juliette küsste und sah Monique dabei tief in ihre Augen! Monique blieb der Atem stehen.

‚Was ist das nur für ein süßes Miststück?', fragte sich Monique. So etwas dreistes hatte sie bisher noch nicht erlebt. David küsste Juliette weiter und weiter. Er sah Monique dabei die ganze Zeit über an und wusste, dass sie dabei verglühen würde.

Und es stimmte. Monique wusste kaum noch, wie sie sitzen sollte. David berührte immer wieder zärtlich Juliettes prachtvollen Körper. Gekonnt hatte er dabei leicht seine Finger gespreizt, so dass Monique sich natürlich wünschte, es wäre ihr Körper und sie würde so zärtlich geküsst werden. Plötzlich schloss Monique ihre Augen und hob leicht den Kopf an. Dann presste sie ihre Schenkel zusammen und öffnete leicht ihren sinnlichen Mund. Sie kam zum Höhepunkt!

‚Das gibt's nicht', dachte Monique. ‚Was hat der nur mit mir gemacht?' Moniques Gesicht war jetzt leicht gerötet und sie zitterte etwas. Eilig stand sie auf und ging ins Haus, denn ihr

Höschen war ziemlich feucht geworden. David sah natürlich alles und war mit sich selbst zufrieden. Er lächelte innerlich. Mehr wollte er eigentlich auch nicht von Monique...

Monique drängelte sich durch die Gästemenge in ihrem Flur und schloss ihr Schlafzimmer auf. Dann ging sie hinein und verschloss die Tür. Sie setzte sich aufs Bett und betrachtete sich im Spiegel ihres Kleiderschranks. Monique spreizte die Beine. Auch ohne Licht konnte sie sehen, was dieser Teufel in Blond mit ihr angestellt hatte. Ihr hellblauer Slip war völlig durchnässt. Sie schob ihr Kleid hoch und streifte sich ihren Slip die Beine herunter. Dann zog sie ihr Kleid aus, denn es war im Schritt auch etwas nass geworden.

Währenddessen hatten sich David und Juliette auf eine kleine Bank gesetzt und tranken jetzt auch ein Glas Champagner.

Jetzt kam Monique wieder auf die Terrasse – mit einem roten Kleid!

„Du hast dich ja umgezogen, warum denn?", fragte David Monique.

Sie grinste ihn frech an und antwortete. „Ich hab eine kleine Champagnerdusche genommen."

Dann setzte sich Monique neben David, denn neben Juliette war kein Platz mehr frei. Monique schob ihr linkes Bein an Davids Schenkel. Er bemerkte es natürlich, ließ sich aber nicht das Geringste anmerken, auch nicht, wie sehr ihm das gefiel!

„Gibst du mir einen Schluck ab?", fragte Monique David. Ohne zu antworten drehte er sich etwas zu ihr um und reichte ihr sein Glas. Während Monique zärtlich an Davids Glas nippte, sah sie ihm direkt in seine glühenden, braunen Augen. Dann reichte sie David das Glas zurück und glitt sich mit ihrer Zunge sanft über die Lippen.

David verstand das Signal, lächelte aber nur.

Er wusste, dass Monique jetzt alles tun würde, um mit ihm ins Bett zu gehen, auch wenn Juliette ihre Freundin war. Doch er wollte ja eigentlich nur Flirten und ein paar kleine Spielchen treiben, so hatte er es sich vorgenommen! Plötzlich stand eine Frau vor ihm und fragte: „Hast du Lust zu tanzen?"

50

David sah Juliette an und fragte: „Du entschuldigst mich?"

„Geh nur", sagte Juliette und lächelte. David stand auf, legte seine Hand an die Taille der Frau und schob sie sanft zur Mitte der Terrasse, wo auch die anderen Gäste tanzten.

„Wie heißt du?", fragte David als er sie an der Taille griff.

„Noëlle", antwortete sie.

„Ich heiße David", sagte er.

„Ich weiß...", sagte Noëlle und lächelte ihn an. Ihr Mund war dabei weit geöffnet. Ihre weißen Zähne strahlten unter ihren vollen, roten Lippen. Sie war groß, blond und hatte große Naturlocken. Ihr Körper war in ein weißes, ärmelloses Abendkleid gehüllt. Sie hatte einen großen, prallen Busen, dessen Form vollkommen war. Liebevoll sah sie David fast etwas verträumt mit ihren großen blauen Augen an, auf denen sie einen silbern glitzernden Lidschatten trug. Sie schien David ungefähr Anfang 40 zu sein, aber zweifelsohne eine Frau mit Klasse und makellosem Körper.

„Ist die hübsche Blondine deine Frau?", fragte Noëlle.

„Fast meine Frau", antwortete David und lächelte.

„Sie ist hübsch, sehr hübsch", sagte Noëlle.

„Ja, das ist sie", sagte David, der zu Juliette herübersah und sie anlächelte.

David und Noëlle tanzten langsam und sinnlich. Als Noëlle bemerkte, dass Juliette nicht mehr auf der Terrasse war, legte sie sanft ihre Hände auf Davids starke Schultern und sah ihn an, fast als wäre sie in ihn verliebt. David war das nicht unangenehm, denn erstens war Juliette im Moment nicht da und zweitens fühlte sich Noëlles Körper hinreißend an. David berührte mit seinem Gesicht sanft ihr lockiges Haar. Es roch phantastisch!

,Wie gut würden dann wohl erst ihre zarte Haut riechen oder ihre Lippen schmecken?', fragte sich David. David zog Noëlle mit seinen Händen zärtlich an sich, während seine Hände auf ihrer schlanken Taille lagen. Er spürte, dass Noëlles Brüste erregt waren. Er presste seine Brust dagegen.

Natürlich hatte David durch vorsichtiges Tasten auch längst

51

bemerkt, dass Noëlle keinen Slip trug! Das Tasten hatte noch nicht einmal Noëlle bemerkt, David war eben sehr geschickt...

Während David und Noëlle tanzten, sah David immer wieder zu Monique rüber. Monique war ziemlich verärgert! Sie hatte fest damit gerechnet, dass David scharf auf sie war – und zwar nur auf sie.

Noëlle sah David an, während sie tanzten. Jetzt schaute sie auf seinen Mund, der an diesem Tag von einem Dreitagebart umgeben war. Zu gern hätte Noëlle jetzt seine Lippen geschmeckt. Sie führte ihren sinnlichen Mund an sein Ohr und flüsterte: „Ich will dich."

David sah sie mit seinen dunkelbraunen Augen an, antwortete aber nicht. Man wusste nie genau, was er gerade wirklich dachte. Seine Augen funkelten und wirkten endlos tief. David wusste, dass sie eine seiner stärksten Waffen waren. Dann war bereits das zweite Lied zu Ende.

„Ich habe Durst", sagte David und ging. Er drehte sich noch einmal um. Noëlle schien zwar etwas überrascht, aber lächelte kess. Der Abend ist ja noch lang, sagte sich Noëlle...

David ging in die Küche um sich etwas zu trinken zu holen.

„Juliette", sagte David, als er sie in der Küche sah. Sie unterhielt sich gerade mit einer Frau.

„Hallo Schatz, zu Ende getanzt?", fragte Juliette und lächelte.

„Ja, hab ich", antwortete David. „Weißt du zufällig, wo ich Champagner finde?"

„Hier", sagte eine Stimme hinter seinem Rücken. David drehte sich um. Es war Monique. Sie hielt ihm ein Glas hin und sagte: „Bitte sehr. Trinken wir Brüderschaft?" David drehte sich zu Juliette um. Sie unterhielt sich immer noch und lachte zusammen mit der anderen Frau.

„Na schön", antwortete David. Er umschlang mit seinem Arm den ihren und beide tranken aus ihren Gläsern. Dann lösten sie ihre Arme voneinander. Monique legte ihren Kopf etwas zur Seite und konnte es kaum erwarten, Davids Lippen zu spüren. Sie bebte vor Erregung. Auch David verspürte plötzlich eine unbändige Lust, Monique zu berühren.

52

Er sah tief in ihre blauen Augen, die vor Begierde funkelten. Er wusste, dass es Juliette auffallen würde, wenn er Monique zu lange küssen würde. Trotzdem wollte David diese Gelegenheit schamlos ausnutzen, denn er wusste nicht, wann er wieder solch eine Gelegenheit bekommen würde! Sanft verschmolzen Davids und Moniques Lippen.

Beide hatten ihre Augen geschlossen. Moniques Lippen waren weich und schmeckten nach Champagner und Lippenstift. Ihr Atem legte sich wie ein süßer Schleier auf sein Gesicht. Moniques Lippen klebten noch ein wenig an Davids, als sich ihre Münder trennen mussten. Monique stand mit offenem Mund vor David, sah ihn an und hauchte ganz leise: „Danke."

David hätte Monique am liebsten auf der Stelle wieder geküsst und auf seinen Armen entführt. Sein Herz schlug schnell. Er glühte vor Lust.

‚Was für ein Kuss', dachte sich David. Er hatte schon viele Frauen geküsst in seinem Leben, aber dieser Kuss war so intensiv und so voller Leidenschaft, wie keiner zuvor! Obwohl er höchstens drei Sekunden lang gewesen war, hatte David ihn wie in Zeitlupe erlebt – und Monique auch!

„Darf ich dir deinen Mann kurz zum Tanzen entführen?", fragte Monique Juliette.

Juliette war gerade so in ihre Unterhaltung vertieft, dass sie Monique nur kurz ansah und antwortete: „Ja, mach nur."

Monique drehte sich zu David um und winkte ihn zu sich. David folgte ihr durch den Flur auf die Tanzfläche. Die Musik war sehr romantisch. Genau richtig für einen engen, langsamen Tanz zu zweit. David legte seine Hände an ihre Taille und bewegte Monique in einem Strudel voller Wolllust.

Monique legte ihre Arme um Davids Hals und streichelte mit ihrer linken Hand sanft sein blondes, glattes Haar. Sie streichelte ihm mit ihren weichen Fingerspitzen seinen Haaransatz. Das war bei David eine hocherogene Zone. Sie sah David dabei tief in die Augen, mit einem geradezu anbetenden Blick. David ließ seine rechte Hand auf ihre rechte Pobacke gleiten, ganz sanft und unauffällig und zog Monique so eng an seinen Körper, bis er ihren Venushügel spürte.

Auch Monique spürte, das sein bestes Stück sehr aufgeregt war. Monique stöhnte leise und atmete tief aber gleichmäßig. David lehnte seinen Kopf an Moniques. Er konnte den Duft ihrer Haare riechen. David drehte seinen Kopf so lange, bis sein Mund ihr Ohr berühren konnte, das von den dunklen Locken verdeckt wurde.

„Du wirst mich immer lieben, nicht wahr?", fragte David flüsternd.

Monique drehte jetzt ihren Kopf, führte ihre Lippen an Davids Ohr und flüsterte: „Immer!" Dann sah sie David tief in die Augen. David sah, dass Monique Tränen in den Augen hatte.

„Was ist mit dir?", fragte David und strich Monique sanft die Tränen aus den Augen.

Sie sah zu ihm hoch und sagte: „Ich werde dich niemals haben können. Einen Mann wie dich kann man nicht lange halten. Und trotzdem will ich dich, David." David sagte nichts dazu. Er drückte sie fest an sich und Monique legte ihren Kopf auf seine Brust.

‚Was für eine hingebungsvolle Frau', dachte David. Was sollte er tun? Sollte er Monique das Herz brechen oder der ahnungslosen Juliette, die er ja wirklich liebte? Und dann war da noch Minou, die sich niemals kampflos gegen andere Frauen geschlagen geben würde.

Aber in diesem Moment war ihm alles egal! Es war kein Mitleid, sondern pure Leidenschaft als er Moniques Kopf hob und fragte: „Wo sind wir ungestört?" Moniques Augen fingen an zu strahlen. Sie nahm seine Hand und zerrte ihn von der Terrasse. Sie liefen durch den Garten zu einem Pavillon, der etwas versteckt hinter einem Baum stand. Der Pavillon war nur etwa 20 Meter von der Terrasse entfernt!

Glücklicherweise hatte sich niemand vor ihnen dort hin verirrt.

David und Monique küssten sich wild und leidenschaftlich,

so als hätten sie sich schon immer geliebt und 20 Jahre lang nicht gesehen. Hastig riss Monique David das Sakko vom Leib und knöpfte gierig sein Hemd auf, während sie ihm fast die Unterlippe abbiss. David zog die Träger ihres roten Kleids herunter und sein Mund stürzte sich auf die kleinen prallen Brüste, um sie zu küssen. Mit seinen Händen schob er ihren Rock hoch und zeriss ihren Slip vor Gier. Monique war außer Rand und Band. Sie stöhnte und ihr Körper war ein einziges Meer voller Lustschauer, die ihr über den ganzen Körper liefen.

Gierig öffnete sie den Reißverschluss seiner weißen Hose, küsste Davids Lippen und stöhnte: „Nimm mich. Nimm mich, David, bitte", und er nahm sie. Tief, aber zärtlich drang er in sie ein. Ihre Körper verschlangen einander. Für beide war es die absolute Erfüllung. Ihre Körper zitterten. Monique biss David vor Lust in die Unterlippe, bis ihm eine Ader platzte. Monique kam sehr schnell zum Höhepunkt, denn schon zu lange hatte David sie heute Abend verrückt gemacht. Sie drückte sich Davids Sakko auf den Mund, um nicht so laut zu stöhnen, denn sie bekam einen ungeheuren Orgasmus!

„Reite mich", flehte David sie an. Blitzschnell hatte Monique sich auf ihn gesetzt und bewegte kräftig und dennoch zärtlich ihr Becken auf und ab. Während sie ihn ritt, konnte Monique durch die Büsche ihre Gäste tanzen sehen, aber was wäre, wenn die sie auch sehen könnten?

David schloss die Augen und warf seinen Kopf hin und her. Mit seinen Händen streichelte er ihr Gesicht und Monique saugte an einem seiner Finger. Als sie an seiner schnellen Atmung spürte, dass es ihm kam, drückte sie Davids Sakko auf seinen Mund. Er stöhnte tief und biss in das Sakko, so dass er fast keine Luft mehr bekam!

Monique beugte sich zu David herunter, nahm sein Gesicht in die linke Hand und küsste ihn. „Du bist ein Vulkan", sagte er zu Monique und lächelte sie an.

„Aber nur deiner", sagte Monique. „Egal was passiert oder was sein wird, ich gehöre nur dir." David presste seine Lippen auf ihre. In ihm drehte sich alles. Und er wusste, dass seine

55

Entscheidung richtig gewesen war. Er hätte Monique niemals vergessen können. Die Phantasie, wie es mit ihr hätte sein können, hätte ihn um den Verstand gebracht.

„Wir müssen zurück, David", sagte Monique und stieg von David runter. Jetzt zogen sich beide an. David musterte seine Kleidung. Alles war unversehrt, nur seine Lippe blutete etwas. Er nahm sein Taschentuch aus der Hosentasche und biss darauf. Monique hatte auch schnell ihr Kleid zurecht gezupft. Es war verschwitzt. Aber an diesem Abend war es auch etwas schwül.

‚Das wäre eine gute Ausrede', dachte sie sich. Monique zog David an sich und streichelte ihm zärtlich durchs Haar.

„Es war wunderschön mit dir. Sehen wir uns wieder?", fragte Monique.

„Wir werden uns wiedersehen", antwortete David und küsste sie ganz fest.

„Geh du schon mal vor", sagte Monique. „Ich komme etwas später."

„Was wirst du den anderen sagen?", fragte David.

„Ich lass mir was einfallen", antwortete sie und sah David hinterher, während sie sich ans Geländer des Pavillons lehnte.

Als David die Stufen des Pavillons heruntergegangen war, blieb er stehen, nahm ein silbernes Zigarettenetui heraus und zündete sich eine Zigarette an. Dann drehte er sich noch einmal zu Monique um und sagte: „Wir werden uns wiedersehen, bestimmt!" Dann ging er über den Rasen in Richtung Terrasse. Unterwegs tupfte er sich mit seinem Taschentuch noch mal die Lippe ab, die immer noch ein wenig blutete.

Als er auf die Terrasse kam, schien alles ganz normal zu sein. Einige Gäste sahen ihn zwar an, aber sie dachten wohl, er hätte sich nur etwas die Beine vertreten. Juliette war nicht auf der Terrasse.

Er ging ins Haus. Dann betrat er die Küche. Er sah Juliette. Sie hatte inzwischen eine andere Gesprächspartnerin. Als sie David sah, fragte sie: „Da bist du ja, wie war der Tanz?"

„Es war ein schöner Tanz", antwortete David.

56

„Ist Monique noch draußen?", fragte Juliette.

„Ich glaube schon", antwortete David. „Ich hole mir mal ein kühles Bier. Ist es im Kühlschrank?"

„Ja, da drüben", sagte Juliette und zeigte auf den Kühlschrank.

‚Gott sei Dank hat Juliette nichts von meiner Lippe bemerkt', dachte sich David. Aber sie blutete ja auch nicht mehr. ‚Und der Biergeschmack wird beim Küssen sein Übriges tun', dachte er sich. Und er hatte Recht. Als David zu ihr ging und ihr einen kleinen Kuss auf den Mund gab, fiel Juliette nichts auf!

„Du bist ja ganz nassgeschwitzt", sagte eine Frau, als Monique plötzlich in die Küche kam.

„Ja, es ist ziemlich schwül heute Abend", sagte Monique und zupfte an ihrem Dekolletee, während sie sich unauffällig zu David umdrehte und leicht lächelte.

David zuckte mit den Schultern, zupfte auch an seinem Hemd und sagte: „Ja, mir ist auch ganz schön heiß", während er lächelte und Monique dabei tief in die Augen sah. Als ob er ihr sagen wollte: „Das hast du gut gemacht, meine Liebste."

Dann tanzte David mit Juliette. Sie verbrachten noch einen unbeschwerten Abend auf Moniques Party. Monique dachte jedoch nur noch an David. Hals über Kopf hatte sie sich in ihn verliebt. Aber auch David fühlte noch immer ihren warmen und weichen Körper an seinem.

Die Party neigte sich dem Ende zu. Nur noch wenige Gäste waren dort. Schließlich war Juliette auch schon sehr müde und wollte gehen.

„Es war eine schöne Party", sagte Juliette und umarmte Monique. Dann umarmte sie auch noch Vivian.

„Hat's dir auch gefallen?", fragte Monique David.

„Es war phantastisch", antwortete David und gab Monique einen kleinen Kuss auf ihre Wange. Dann sah Monique David tief in die Augen, so als wollte sie sagen: „Geh bitte nicht fort." David spürte das. Am liebsten wäre er wirklich dort geblieben!

Schließlich bekam Vivian auch noch einen kleinen Kuss von David. David und Juliette stiegen in Juliettes Cabriolet und fuhren los. David fuhr. Denn im Gegensatz zu Juliette hatte er ziemlich wenig getrunken.

„Es war schön, oder David?", fragte Juliette.

„Ja das war's. Monique und Vivian sind auch wirklich sehr nett", antwortete David. Juliette legte ihre linke Hand auf Davids Bein, drehte ihren Kopf zur Seite und schlief ein. David sah sie an. Sie sah wunderschön aus. Während sie schlief, schien sie zu lächeln.

‚Sie sieht so unschuldig aus', dachte David. Und er liebte Juliette wirklich.

An diesem Abend wollten sie nicht mehr bis nach Cannes fahren, sondern in Davids Appartement schlafen. Nachdem David den Wagen in der Tiefgarage geparkt hatte, öffnete er die Autotür und weckte Juliette mit einem sanften Kuss auf ihren Mund.

„Wir sind da, mein Liebling", flüsterte David. Noch im Halbschlaf lächelte sie ihn an und stieg aus. David stützte sie beim Gehen, denn Juliette war ziemlich wacklig auf den Beinen. Dann betraten sie Davids Appartement. Juliette ließ sich aufs Bett im Schlafzimmer fallen und schlief sofort ein.

David zog ihr die Kleidung aus. Er hatte einige Mühe, denn ihr schwarzer Catsuit saß knalleng an ihrem Körper und sie wachte einige Male kurz auf, nickte aber sofort wieder ein. Dann streifte er ihr sanft ihren schwarzen, dünnen Slip ab.

Der Mond schien durch das große Fenster, denn die Jalousien waren hochgezogen. Ganz nackt lag Juliette im wunderschönen Mondlicht vor ihm. David lag neben ihr, einen Arm unter den Kopf gestützt und bewunderte ihren wunderschönen Körper. Er schien wie aus zerbrechlichem Glas zu sein. Er küsste sie ganz vorsichtig auf den Mund. Seine Lippen berührten kaum die ihren, denn er wollte Juliette auf keinen Fall aufwecken.

Er deckte Juliette nur mit einem Laken zu, denn es war sehr heiß. Er legte sich dicht neben sie, deckte sich auch zu und legte seine Hände über den Kopf. Das Fenster stand ein wenig offen und er konnte das Meer rauschen hören.

58

‚Mein Gott, was sind Frauen nur für göttliche Geschöpfe‘, dachte David, als er Juliette wieder ansah.

Und wozu viele Frauen fähig sind, faszinierte ihn immer wieder. Er dachte an Monique. Sie war doch eine der besten Freundinnen von Juliette! Oder an Minou, sie ist immerhin ihre Schwester!

Mit diesem wahren Strudel an Gefühlen und Emotionen schlief David erst spät in der Nacht ein. Mitten in der Nacht wachte er wieder auf, gegen 4 Uhr früh etwa. Er drehte sich zum Bettrand und trank einen Schluck Mineralwasser. Dann dreht er sich zu Juliette um und sah sie an. Ganz friedlich lag sie da, unbeschwert und glücklich. Er dachte einen Augenblick nach. David war entschlossen, Juliette tatsächlich zu heiraten. Juliette ist die Richtige, sagte sich David. Dann schlief er wieder ein.

Am nächsten Morgen kam David mit Frühstück ans Bett, als Juliette gerade aufwachte. „Guten Morgen, mein Schatz“, sagte David.

Juliette setzte sich auf, lehnte sich ans Kopfteil des riesigen, weißen Bettes und sagte verschlafen: „Guten Morgen, Liebster.“

David stellte das Tablett in die Bettmitte. „Ist ja wirklich süß von dir“, sagte Juliette und lächelte David zu.

David beugte sich zu Juliette herüber und gab ihr einen zärtlichen Kuss, während er ihr tief in die Augen sah. „Ich liebe dich so sehr“, sagte David.

„Ich dich auch“, sagte Juliette und umschlang seinen Hals mit ihren Armen. Die beiden küssten sich wild und leidenschaftlich zugleich.

„Lass uns frühstücken“, sagte David. Er goss ihr etwas heißen Kaffee ein und reichte ihn Juliette.

„Danke“, sagte Juliette. David lächelte. Juliette nahm sich ein mit Erdbeermarmelade bestrichenes Brötchen und biss hinein. Weil Juliette so schräg an das Kopfteil angelehnt war, lief ihr etwas Marmelade aus den Mundwinkeln. „Hast du eine Serviette hier?“, fragte sie.

„Tut mir Leid, die habe ich in der Küche liegen gelassen“,

antwortete David, als er aufs Tablett schaute.

Gerade wollte David aufstehen, um eine Serviette zu holen, da sagte Juliette: „Lass nur, ist egal."

In diesem Moment sah David, dass Juliette sich mit ihrem Zeigefinger ganz langsam die Marmelade von ihrem Mundwinkel auf die Lippen schob. Dann leckte sie mit ihrer süßen Zunge erst die Marmelade von den Lippen und dann von ihrem Zeigefinger! Sie tat das ganz unbewusst und bemerkte erst jetzt, dass David ganz unruhig wurde.

„Was ist denn, Schatz, stimmt etwas nicht?", fragte sie ihn.

„Das darfst du nicht noch mal machen, es erregt mich zu sehr", sagte David lächelnd. Juliette blickte auf Davids schwarze Shorts und sah, dass dort etwas heranwuchs!

„So, darf ich nicht?", sagte Juliette mit scharfem, lustvollem Blick und streifte ihren Zeigefinger durch die Marmelade auf ihrem Brötchen. Dann schleckte sie zärtlich ihren Finger ab. Von unten in Richtung Fingerspitze. David bebte vor Lust und begann vor Erregung schon leicht zu zittern. Juliette merkte, dass es David wahnsinnig machte. Plötzlich nahm sie mit den Fingern ihrer linken Hand eine große Menge Marmelade vom Brötchen und riss mit ihrer anderen Hand die Decke von ihrem Körper weg. Während sie David tief in die Augen sah, verteilte sie die ganze Marmelade auf ihrem Körper. Vom Hals abwärts, über die Brust, ihren Bauch bis zu ihrem Venushügel hin. Dabei bewegte sie auch noch sinnlich ihren Körper!

‚Was für ein süßes Luder', dachte sich David. Aber auch David war mit allen Wassern gewaschen und sagte: „Tut mir Leid, ich mag keine Marmelade."

Juliette sah ihn an und sagte lächelnd: „Du lügst!" Dann nahm sie ihre Hände, riss David an sich und presste seinen Kopf auf ihre prallen Brüste. „Leck", sagte sie auffordernd und gierig.

Und David leckte die Marmelade ab. Er genoss jeden einzelnen Zentimeter ihres Körpers! Als er an ihrem Venushügel angekommen war, geriet Juliette in Ekstase. Sie spreizte langsam ihre Schenkel und David hatte freie Gewähr.

60

Und auch David genoss es, ihre Venus von jedem noch so kleinen Rest Marmelade zu befreien, bis sie schließlich einen explosiven, so langen Höhepunkt bekam, dass sie David sagen wollte, aber nur noch lallen konnte. Halb lachte und halb weinte sie vor Glück!

Sie zog David zu sich hoch und gab ihm einen tiefen, zärtlichen Kuss. Dann leckte sie ihm etwas Marmelade vom Kinn und leckte ihm noch einmal über die Lippen. In diesem Moment kam David in seinen jetzt viel zu engen Shorts! Er warf seinen Kopf nach hinten und stöhnte langsam und tief: „Oh Gott, Juliette...!"

Er legte seinen Kopf auf Juliettes Brust und versuchte, seinen Körper wieder etwas zur Ruhe zu bringen. Sie hat es geschafft, mich so wahnsinnig zu machen, dass ich zum Höhepunkt komme, einfach so.

‚Sie ist eine Göttin', dachte David. Und er begriff jetzt, dass er Juliette wirklich liebte.

David hob seinen Kopf von ihrer Brust, sah ihr verliebt in die Augen und sagte: „Ich werde dich heiraten, bitte werde meine Frau."

Juliette war zwar etwas überrascht, küsste David aber sofort und sagte: „Nichts würde ich lieber tun, David!" Sie sah ihn an, streichelte zärtlich sein Gesicht und fing vor Glück an zu weinen.

Am nächsten Tag kam Minou plötzlich in Juliettes Büro. Noch am Abend zuvor hatte Juliette ihre Eltern und auch Minou darüber informiert, dass David und sie heiraten würden. Ihre Mutter freute sich darüber. Ihr Vater fand es zwar ein bisschen übereilt, freute sich aber trotzdem für Juliette und hatte auch keine Einwände. Er wusste, dass Juliette David ohnehin heiraten würde. Und selbst Minou freute sich für Juliette, jedenfalls hatte es den Anschein...

„Hallo Schwesterchen", sagte Minou, als sie Juliettes Büro betrat und nahm sie in die Arme. Minou drückte Juliette ganz fest und sagte: „Ich freu mich so für dich."

„Danke, Minou", sagte Juliette und lächelte sie an. Die

beiden setzten sich auf eine schwarze Ledercouch. Sie unterhielten sich darüber, wie das Brautkleid aussehen, welches Essen es geben sollte und so weiter und so fort. Minou ließ sich nicht anmerken, wie tief sie diese Unterhaltung berührte. Minou hatte niemals vor ihrer Schwester wirklich weh zu tun, aber ihre Liebe zu David und ihr Verlangen waren stärker. Schon oft hatte Minou überlegt, ob sie um David kämpfen sollte. Aber bisher war ja auch nicht von einer Hochzeit die Rede gewesen.

Plötzlich rollten Minou Tränen über die Wangen. Als Juliette das sah, legte sie ihre Hände auf Minous Knie und fragte: „Was hast du denn?"

Einen Augenblick lang überlegte Minou, ob sie sich befreien und einfach die Wahrheit sagen sollte. Es wäre dann an David gewesen, sich für eine von beiden zu entscheiden. Doch Minou überlegte es sich anders.

„Ich weine, weil ich mich so für dich freue, Schwesterchen", sagte Minou und wischte sich die Tränen aus den Augen.

„Du bist so lieb, Minou. Danke", sagte Juliette und umarmte sie. Wer Minou kannte, der wusste, dass Minou eine starke Persönlichkeit war, die nichts so leicht aus der Bahn werfen konnte. Aber diesmal gingen die Emotionen mit ihr durch.

„Wann soll der Hochzeitstermin sein?", fragte Minou.

„Am 1.Juli", antwortete Juliette. Das waren noch knapp 4 Wochen.

Die Zeit verging. Nun waren es nur noch drei Tage bis zur Hochzeit. David und Juliette hatten alle Vorbereitungen getroffen, die eine Traumhochzeit brauchte. Und David blieb Juliette seit der Party von Monique und Vivian an treu. Auch wenn er oft an Monique und auch an Minou dachte, vor allem, wenn er mit Juliette schlief!

Doch in David brannte die Sehnsucht. Obwohl Ron Davids bester Freund war, erzählte er ihm bisher nichts von Monique. Dass David mit Minou geschlafen hatte, wusste er schon. David rief bei Ron an, um sich mit ihm zu verabreden. Sie trafen sich schließlich auf der *Chantelle*. David erzählte Ron von dem Erlebnis mit Monique, während sie im Salon einen Drink

62

nahmen.

„Kannst du sie nicht vergessen?", fragte Ron.

„Nein, ich denke jeden Tag an Monique."

„Du steckst ganz schön in Schwierigkeiten, mein Lieber", sagte Ron und kratzte sich nachdenklich am Kopf.

„Ich weiß", sagte David und steckte sich eine Zigarette an.

„Was ist mit Minou?", fragte Ron.

„Sie hat ein paar mal angerufen, aber ich habe sie immer wieder vertröstet", antwortete David.

„Vielleicht solltest du besser nicht heiraten", sagte Ron.

„Ja, vielleicht", sagte David.

„Weißt du, Ron, Monique ist eine sehr emotionale und verletzliche Frau. Ich will sie nicht verletzen", sagte David.

„Dazu ist es jetzt wohl zu spät", sagte Ron vorwurfsvoll. „Hör zu, David, du weißt, dass ich mir nie viel aus den Gefühlen einer Frau gemacht habe. Aber eines weiß ich, wenn man eine Frau liebt, sollte man mit offenen Karten spielen", sagte Ron. „Rede mit Monique!", sagte er. David überlegte einen Moment.

Dann stand er auf, klopfte Ron auf die Schulter und sagte: „Du hast Recht, ich fahre zu ihr. Falls Juliette bei dir anruft, weil ich nicht ans Handy gehe, lass dir was einfallen."

David verließ die Yacht, stieg in seinen Wagen und fuhr los.

‚Hoffentlich ist sie zu Hause, anrufen kann ich ja nicht, weil ich ihre verdammte Handynummer nicht habe', dachte sich David.

Nach etwa 20 Minuten stand er dann mit seinem roten Cabriolet vor Moniques Tür. Er nahm seine schwarze Sonnenbrille ab und stieg aus. Dann ging er zur Haustür und klingelte. David hatte weiche Knie, denn er wusste nicht, wie Monique auf seinen plötzlichen Besuch reagieren würde. Dann ging die Haustür auf. Wie gebannt stand Monique vor ihm und sah ihn mit funkelnden Augen an.

„David, was machst du hier?", fragte sie überglücklich und strahlte übers ganze Gesicht. Ohne seine Antwort abzuwarten fiel sie ihm um den Hals und küsste ihn leidenschaftlich, so als hätte sie sich diesen Augenblick schon oft in ihren Träumen ausgemalt und darauf gewartet. Während David sie zärtlich küsste und fest an sich presste, bemerkte er den süßlichen Geschmack ihrer Tränen auf seinen Lippen. David bereute nichts.

‚Eine so wunderschöne und leidenschaftliche Frau in den Armen zu halten ist ein wahres Geschenk‘, dachte sich David.

„Komm rein“, sagte Monique und nahm ihn bei der Hand. Für diesen Moment schien David der glücklichste Mann auf der Welt zu sein. Er wusste, dass es gemein und niederträchtig gegenüber Juliette war, hier zu sein. Aber dieser Versuchung doch zu erliegen löste bei ihm Kribbeln, Angst und Lust zugleich aus.

Und allein der Anblick von Monique war das Risiko wert, dachte sich David. Monique trug eine weiße, offene Bluse und ein schwarzes Bikinioberteil darunter. Dazu hatte sie sehr knappe, weiße Hotpants an. Und sie war barfuss. Die Nägel ihrer zarten Füße waren verführerisch rot lackiert. Lippenstift trug sie heute keinen.

Als sie auf der Terrasse ankamen, stand dort eine Staffelei.

„Du malst?“, fragte David.

„Ja, warum nicht?“, antwortete Monique.

David ging zu dem Bild. Es war ein Landschaftsbild mit einem Küstenpanorama. Er betrachtete es ganz genau, drehte sich zu ihr um und sagte: „Es ist großartig, du bist wirklich sehr begabt.“

„Verstehst du etwas davon?“, fragte Monique.

„Ja, ich sammle Antiquitäten, sofern ich sie mir leisten kann“, antwortete David und lächelte. „Schon mal daran gedacht, ein Bild zu verkaufen?“, fragte er.

„Ich lebe davon“, antwortete Monique lächelnd und ging auf David zu. Dann umarmte David sie und sah in ihre traumhaft schönen, großen blauen Augen, die so tiefgründig wie ein Ozean zu sein schienen, umgeben von endlos langen, schwarzen Wimpern.

Monique lehnte ihre Stirn an Davids und atmete tief. Der

64

Duft ihres Atems drang in seine Nase. Dann führte sie seine Lippen zu den seinen und sagte: „Ich hab dich so vermisst", bevor sie ihn hingebungsvoll küsste. „Schlaf mit mir", sagte Monique. In ihr brannte es wie Feuer seit dieser einen Nacht. Es schien eine Ewigkeit her gewesen zu sein.

Viele Nächte lang hatte sie um David geweint, erst recht nachdem sie von der Hochzeit mit Juliette erfahren hatte. Nun war er endlich wieder bei ihr, der Mann, für den sie fühlte wie bei keinem anderen zuvor und für den sie alles riskieren würde, um bei ihm zu sein. Ihr war klar, dass es vielleicht das letzte Mal war, dass David und sie sich sehen würden. Und diesen Augenblick wollte sie auskosten und für immer in Erinnerung behalten!

David und Monique gingen in ihr Schlafzimmer. David zog Monique langsam aus. Nachdem er ihr Hemd ausgezogen hatte, öffnete er gekonnt ihr Bikinioberteil, bevor er ihr die Hotpants herunterzog und sanft sein Gesicht auf ihren Venushügel legte. Monique begann leise zu stöhnen.

Dann richtete er sich auf und küsste Monique. Sie knöpfte sein schwarzes Hemd auf, bevor sie den schwarzen Ledergürtel seiner Hose öffnete. Dann zog sie ihm seine grau melierte Hose aus und ließ sie auf den Boden fallen. Jetzt zog sie seine Shorts herunter.

David zog Monique an sich. Er spürte, wie ihr nackter hilfloser Körper zitterte und doch gleichzeitig vor Lust glühte. Ein gewaltiger Schauer der Erregung schoss ihm in die Lenden. Monique drückte ihren Körper stark gegen Davids, so dass beide eng umschlungen aufs Bett fielen.

Die Nachmittagssonne schien durch die weißen Gardinen und der laue Sommerwind wehte durch das offene Fenster, als sie sich auf der hellblauen Satinbettwäsche zärtlich wälzten. Während sie miteinander schliefen, wechselten sie diverse Male die Stellung. David und Monique hatten so viel Sehnsucht in sich – sie hätten sich Tage lang lieben können! Dann lag Monique in seinen Armen. Sie war völlig erschöpft, aber überglücklich. Und David fühlte genau wie sie.

65

‚Am liebsten würde ich für immer bei ihr bleiben und mit meinen Händen durch ihre dunklen Locken streichen‘, dachte David. ‚Wäre ich doch nur frei‘, dachte David, ‚dann bräuchten weder ich noch Monique uns Nachts mit einer endlosen Sehnsucht herumquälen. Kann ich es Monique noch einmal antun einfach zu gehen?‘, fragte er sich...

David blieb noch den ganzen Abend und auch die ganze Nacht bei Monique! Er hatte zwischendurch natürlich ein schlechtes Gewissen, aber seine Liebe zu Monique war größer. Unzählige Male hatte Juliette versucht ihn anzurufen, doch sein Handy hatte er ausgestellt.

Morgens um 06.30 Uhr zog David sich an und schlich sich leise aus Moniques Zimmer. Vorher sah er Monique noch einmal an. Sie sah wunderschön aus!

Als David das Schlafzimmer verließ, drehte Monique sich zur Seite, hielt ihre Hände vor ihr Gesicht und weinte bitterlich. Sie hatte sehr wohl bemerkt, dass Ihr Liebster ging. Völlig aufgelöst und schluchzend dachte sie noch einmal an die vergangenen Stunden. Die vielen sinnlichen Momente der Leidenschaft liefen noch einmal vor ihren Augen ab.

Als David in seinen Wagen stieg, zögerte er. War es richtig so, fragte er sich. Er sah noch einmal zu Moniques Haustür – und begann zu weinen. Das bedeutete etwas, denn nicht einmal Ron, sein bester Freund, hatte David jemals weinen gesehen!

Er fuhr zu Juliettes Appartement. Ihr Cabriolet stand vor dem Haus, sie musste also da sein. David rechnete mit einem schlimmen Streit, weil er ja einfach so die ganze Nacht weggeblieben war, ohne sich bei Juliette zu melden.

Er schloss die Wohnungstür auf. Juliette kam auf David zu und umarmte ihn. „Endlich bist du da, mein Schatz“, sagte Juliette und gab ihm einen zärtlichen Kuss. David verstand die Welt nicht mehr! „Wie geht's dir, hast du einen Kater?“, fragte Juliette.

„Ein wenig“, antwortete David spontan.

„Ron klang gar nicht so, als wenn er viel getrunken hätte, als er anrief“, sagte Juliette.

„Wann hat er denn angerufen?", fragte David verlegen.

„Gegen 21 Uhr. Er hat mir von eurem feuchtfröhlichen Junggesellenabschied erzählt, und dass du völlig betrunken auf der Couch eingeschlafen bist. Du hättest aber ruhig noch ein wenig länger schlafen können, mein Schatz", sagte Juliette. David sah auf seine Uhr. Es war gerade mal 06.50 Uhr.

„Ich wollte aber so schnell wie möglich bei dir sein", sagte David und zog Juliette an sich, die einen rosafarbenen Pyjama trug. Innerlich musste David aber erst mal tief ausatmen.

‚Das hast du gut gemacht Ron', dachte David.

„Komm, wir legen uns noch ein bisschen hin", sagte Juliette.

„Gute Idee", sagte David. Also schliefen beide noch ein wenig. Als David aufwachte, durchzog ein wohlriechender Kaffeeduft das Appartement.

‚Den kann ich jetzt gut gebrauchen', dachte David und strich sich durch sein zerrüttetes Haar.

Er stand auf und wollte gerade zu Juliette gehen, als ihm plötzlich einfiel, dass er ja noch gar nicht geduscht hatte. Vielleicht würde Juliette etwas merken, dachte er. Doch schon stand Juliette vor ihm. Sie legte sanft ihre zarten Arme um seinen starken Hals und gab ihm einen tiefen Kuss.

„Guten Morgen, mein Schatz, wie geht's dir jetzt?", fragte Juliette.

„Könnte nicht besser sein", antwortete David.

„Zieh dir noch was über, wir frühstücken draußen auf dem Balkon", sagte Juliette.

„Mach ich", sagte David und zog seinen schwarzen Morgenmantel über. David hatte schon fast seinen gesamten Hausstand bei Juliette.

Die beiden waren sich schnell darüber einig gewesen, dort gemeinsam zu wohnen, denn Juliettes Appartement gehörte ihr, während Davids Appartement ja nur gemietet war.

David und Juliette frühstückten in aller Seelenruhe, während die warme Morgensonne auf sie schien. David war glücklich, denn er war noch einmal mit einem blauen Auge davon gekommen und bekam zur Belohnung auch noch ein phantastisches Frühstück!

„Ich freue mich schon auf heute Abend", sagte Juliette und lächelte.

„Was ist denn heute Abend?", fragte David.

„Wir holen Margo vom Flughafen ab. Ich habe sie doch zur Hochzeit eingeladen, schon vergessen?", fragte Juliette.

„Wenn ich ehrlich bin – ja!", antwortete David und lächelte.

Am Nachmittag waren David und Juliette bei Juliettes Eltern, um zu sehen, wie gut die Hochzeitsvorbereitungen liefen. Davids Chefin richtete die Hochzeit aus. Sie sollte auf dem Anwesen von Juliettes Eltern stattfinden. So hatte Juliette es sich gewünscht.

David ging mit Philippe, Juliettes Vater, durch den Garten und verglich die Bauten der Dekorateure mit den Plänen.

„Bist du zufrieden?", fragte Juliettes Vater.

„Absolut", antwortete David. Es sollte pünktlich fertig werden, so hatte ein Mitarbeiter es David kurz zuvor bestätigt.

„Es ist nur schade, dass meine Eltern das alles nicht mehr miterleben können", sagte David. Sie waren vor ein paar Jahren bei einem Autounfall ums Leben gekommen.

„Ja, das ist es", sagte Philippe und legte seinen Arm auf Davids Schulter. „Komm, wir gehen zu unseren Ladies."

Sie gingen ins Haus. Dort saßen Elaine, Juliette und plötzlich auch noch Minou auf der großen Couch und plauderten über den Ablauf der Hochzeit. Als Minou David sah, strahlte sie übers ganze Gesicht. Sie stand auf, ging auf David zu und umarmte ihn.

„Schön dich zu sehen", sagte sie und gab ihm einen sanften Kuss auf die Wange.

„Ich freu mich auch dich zu sehen, wie geht's dir?", fragte David.

„Hervorragend", antwortete sie und ließ David wieder los.

„Ich wusste gar nicht, dass ihr euch so gut versteht", sagte

68

Philippe verwundert und lächelte etwas überrascht. Minou lächelte ihrem Vater aber nur zu, ohne weiter darauf einzugehen. Davids Gefühle waren plötzlich sehr verwirrend. Er hatte die Bilder ihrer heißen Begegnung vor Augen, die er nie vergessen konnte.

,Sie ist eine Wahnsinnsfrau', dachte er, als er sie ansah. Sie hatte Joggingbekleidung an. Eine weiße Leggins mit schwarzen Shorts darüber, ein schwarzes, knallenges Top, Turnschuhe und ein weißes Stirnband im Haar.

Schon beim Umarmen bemerkte David, dass Minou wohl kurz zuvor Joggen gewesen war, denn sie roch auf eine sehr erotische Weise nach süßem Damenschweiß und ihre Lippen waren etwas feucht! Mit diesem flotten Outfit hatte sie schon sämtlichen Mitarbeitern der Eventfirma total den Kopf verdreht, die aber bei Minou keine Chance hatten!

Minou setzte sich auf die Couch. David saß ihr gegenüber. Minou nahm ein großes Glas in die Hand und trank daraus. An ihren Lippen hing noch etwas von dem Getränk und sie leckte es mit ihrer süßen Zunge langsam ab. Dabei sah sie David tief in die Augen.

Minou stand auf und ging auf David zu. Sie stand direkt vor ihm, während er saß. Er sah zu ihr hoch. Seine Blicke wanderten von den Schenkeln aufwärts über ihr prall gefülltes Top bis zu ihrem Gesicht. David wurde es ganz heiß in seinen Lenden.

„Hier, probier mal", sagte Minou und hielt David ihr Glas hin.

„Was ist das?", fragte David.

„Ein Eiweißdrink, Himbeere", antwortete Minou. David kannte Eiweißdrinks bereits. Sie schmeckten ihm.

,Dieser wird mir aber besonders gut schmecken', dachte David. Er nahm das Glas und berührte dabei ganz leicht ihre zarten Finger, auf deren Nägeln sie einen klaren, glänzenden Nagellack trug.

Dann trank er einen Schluck. Es kam ihm vor, als hätte er Minous Lippen berührt. Er sah Minou an, blickte ihr tief in die Augen und sagte: „Schmeckt wirklich klasse."

„Wusste ich's doch", sagte Minou und setzte sich wieder auf ihren Platz.

In David brannte es vor Begierde! Am liebsten wäre er zu Minou hinüber gegangen und hätte sie sofort an Ort und Stelle genommen. Minou wäre das auch sehr recht gewesen...
Der Nachmittag verging und es wurde Abend.
„Wir müssen gleich los, David", sagte Juliette.
„Ist gut", sagte David. Einige Minuten später fuhren David und Juliette mit ihrem dunkelblauen Cabriolet los, um Margo, Juliettes Freundin, vom Flughafen in Nizza abzuholen. Sie sollte in einem der Gästezimmer im Palais von Juliettes Eltern übernachten.
„Wo kommt sie her?", fragte David.
„Aus Paris", antwortete Juliette. Sie hatte David schon einige Tage vorher erzählt, dass Margo die einzige Tochter eines Hotelbesitzers ist. Nun hatte sie in Paris eine gut laufende Modeboutique. Margo und Juliette waren schon als Kinder Freundinnen gewesen.
„Ist sie nett?", fragte David.
Juliette drehte sich zu David hin und antwortete lächelnd: „Sehr nett und sehr, sehr hübsch."
„Nimm dich in Acht vor ihr, sie ist eine Schlange", fügte Juliette hinzu.
‚Auch das noch', dachte David...

David und Juliette warteten in der Ankunftshalle des Flughafens von Nizza. Die Maschine landete mit etwas Verspätung.
„Nun muss sie jeden Moment kommen", sagte Juliette. Denn es kamen schon die ersten Passagiere aus dem Gate. Einen kleinen Augenblick später stand Juliette plötzlich auf und winkte jemandem zu. David sah jetzt wie eine ziemlich adrette Frau in Juliettes Richtung zurück winkte. Margo war nur noch etwa 20 Meter entfernt und ging zielstrebig auf Juliette zu.
David lehnte sich zurück und legte seinen linken Unterschenkel auf das rechte Knie, um möglichst gleichgültig

auszusehen. Als Margo näher kam, fiel es im wie Schuppen von den Augen.

Als er Margo sah, dachte er: ‚Man hat mir den Teufel auf den Hals geschickt.' Er kannte diesen Typ Frau. Margo war nicht besonders groß, aber auch nicht klein. Ihre Haare waren dunkelbraun, mit einigen hellen Strähnen dazwischen, die von der Sonne ausgebleicht waren. Sie hatte braune Augen mit einem Funken Grün darin. Ihr langes Haar war an den Spitzen nach innen geföhnt und eine Locke hing über ihr sonnengebräuntes, ebenes Gesicht. Ihr Mund war breit und ihre Lippen fleischig und voll. Sie sahen von Natur aus schon so aus, als würden sie jemanden küssen wollen und waren mit Lipgloss überzogen. Ihr Körper war in einen schwarzen Hosenanzug gehüllt und sie trug hohe schwarze Stöckelschuhe.

Margo stellte ihre Koffer ab und hielt ihre Arme auf. Juliette ließ sich in sie hinein fallen. Margo und Juliette drückten sich lange, denn sie hatten sich fast ein Jahr lang nicht gesehen.

„Schön, dass du gekommen bist", sagte Juliette.

Margo lächelte und sagte: „Ich hab mich schon riesig drauf gefreut, meine Süße."

Dann ließen die beiden einander los und Margo stolzierte mit einem wahren Laufstegschritt in Richtung David. Schon jeder einzelne Schritt ihrer Stöckelschuhe versetzte David in Aufregung. Als Margo nur noch einen Meter von ihm entfernt war, konnte er bereits ihren teuren, süßlichen Damenduft riechen. Sie schlenkerte leicht mit ihren Armen. Den Kopf hatte sie ein wenig nach unten gesenkt, aber ihr Blick strahlte geradeaus, direkt in Davids Augen. David lief ein erotischer Schauer über den Rücken! Sie legte ihren linken Arm um seinen Hals, hob elegant ihr rechtes Bein etwas an und gab David einen kleinen Kuss auf die Wange. Als er ihren verführerischen Schmollmund spürte, wurde ihm kalt und heiß zugleich. Dann löste sie sich von ihm los und sagte: „Ich bin Margo."

‚Das hab ich gemerkt', dachte sich David, und sagte: „David. Schön dich kennen zu lernen", und schüttelte ihre Hand. Sie hatte schmale und sehr sinnliche Hände, top gestylt und

71

gebräunt. Ihre Fingernägel waren dunkelrot lackiert.

Margo lächelte und sagte: „Wir werden sicher noch Gelegenheit haben, uns besser kennen zu lernen, David." David sah ihr nur tief in die Augen und sagte nichts.

‚Davon bin ich überzeugt', dachte sich David...

Nachdem Margo ihr Gepäck abgeholt hatte, verließen die drei den Flughafen. Sie gingen zum Auto und David lud die Koffer ein. Es waren zwei riesige Koffer – für die paar Tage ganz schön viel, dachte sich David. Er machte die Tür auf und klappte den Fahrersitz des Cabriolets nach vorne.

„Danke", sagte Margo und setzte sich nach hinten. Dabei sah David, dass Margo keinen BH trug. Und das, was er sah, konnte sich sehen lassen. Schließlich stieg auch er ein. David fuhr, damit Juliette und Margo während der Fahrt etwas plaudern konnten.

David sah während der Fahrt in den Rückspiegel um Margo zu beobachten. Ihre langen Haare wehten im Fahrtwind. Sie trug keine Sonnenbrille, sondern hatte ihre Augen geschlossen und ihr Gesicht direkt der Sonne zugewendet. Ihr Mund stand etwas offen und ihr Lipgloss blitzte in der Sonne. Dann senkte sie ihren Kopf und blickte in den Rückspiegel des Wagens und in Davids braune Augen, denen man die Lust förmlich ansah. Margo lächelte ihn an. David lächelte aber nur ganz leicht zurück, denn Juliette saß ja genau neben ihm.

Schließlich kamen sie zum Rondell des Palais von Juliettes Eltern und parkten. Sie stiegen aus. Juliette ging mit Margo zu ihren Eltern und sie begrüßten sich. David kam mit den zwei Koffern hinterher, stellte sie ab und begrüßte Juliettes Eltern auch.

„Ich geh mich mal schnell frisch machen", sagte Margo.

„Ist gut, bis gleich", sagte Juliette.

„Könntest du vielleicht den schweren Koffer kurz auf mein Zimmer tragen, dann nehme ich den leichteren?", fragte Margo David. David tat so, als wäre er überhaupt nicht begeistert und sah Juliettes Vater mit genervtem Blick an und rollte mit den Augen. Philippe lächelte David zu und zuckte mit den

72

Schultern.

„Mach ich", antwortete er schließlich und nahm den Koffer. David und Margo gingen die große Marmortreppe hinauf. Dann gingen sie rechts entlang. Margo wusste, welches Gästezimmer sie nehmen sollte und sagte: „Gleich geschafft", während sie ging. Dann öffnete sie die Tür des Zimmers, ging hinein und stellte ihren Koffer neben ihr großes Bett. David stellte den anderen Koffer daneben.

Auf dem Weg zum Zimmer hatte David sich bereits vorgenommen, Margo zwar den Kopf zu verdrehen, mehr aber erst mal nicht. Margo legte ihre Hand auf seine Brust und streichelte sie etwas. Sie legte gerade ihren Kopf zur Seite um ihn zu küssen, da gab David ihr einen kleinen Kuss auf die Stirn und sagte: „Bis später."

David lächelte Margo noch einmal zu, bevor er das Zimmer verließ und schloss die Tür. Margo war völlig überrascht. Sonst konnte sie Männer doch auch so leicht um den Finger wickeln. Na warte, sagte sie zu sich selbst...

David ging den Flur entlang, als er plötzlich von hinten eine Stimme hörte.

„Sie ist hübsch, nicht wahr David?", fragte Minou, die an einem Türrahmen gelehnt stand.

David drehte sich um und sagte: „Findest du?"

„Ja, finde ich", sagte Minou und lächelte verschmitzt. Dann ging sie auf David zu und legte ihre Hand in seinen Schritt und sagte: „Pass gut auf dich auf, mein Lieber!". Dann leckte sie David zärtlich mit ihrer Zungenspitze über seine Unterlippe und ging die Treppe hinunter. David blickte ihr hinterher. Er wollte sich aber nicht anmerken lassen, wie sehr er Minou in Wirklichkeit begehrte!

Da übermorgen die Hochzeit anstand, wollten David und Juliette bis dahin im Palais von Juliettes Eltern übernachten, um nicht so oft hin und her fahren zu müssen.

Gegen 20.30 Uhr fuhren dann alle in ein nobles Restaurant, das ganz in der Nähe an einer kleinen Bucht lag. Juliettes Vater wollte alle einladen. Es hieß *L'Étoile*. Juliettes Eltern waren dort

Stammgäste. Ihre Eltern fuhren im weißen Jaguar Coupé. Juliette, David, Minou und Margo fuhren in Philippes schwarzer Jaguar Limousine, weil diese sehr viel geräumiger war als das Cabriolet von Juliette.

Minou steuerte den Wagen. David saß auf dem Beifahrersitz und Juliette und Margo saßen im riesigen Fonds des Wagens, um sich weiter austauschen zu können, denn sie hatten seit Margos Ankunft ja kaum Gelegenheit dazu gehabt!

Sie fuhren die wunderschönen Serpentinen der Côte d'Azur entlang und konnten das glitzernde Wasser bewundern. Juliette und Margo unterhielten sich eifrig und lachten viel. Minou nutzte die Gelegenheit natürlich schamlos aus. Während sie mit der linken Hand den Wagen steuerte, griff sie mit den zarten Fingerspitzen ihrer rechten Hand den Saum ihres engen schwarzen Kleides und schob es langsam und auf sehr erotische Weise hoch, so lange, bis David ihren Venushügel sehen konnte, der in einen schwarzen, sehr knappen Tanga gehüllt war. Während David mit seinen Blicken an Minou klebte, zog sie dann auch noch ihren Tanga ein Stück zur Seite, so dass David einen wunderbaren Einblick in ihren intimsten Bereich bekam.

David wurde fast wahnsinnig. Er hätte Minou so gern berührt, aber es war unmöglich. Zweifelsohne hätten Juliette und Margo es bemerkt. Margo schien auch so schon etwas zu ahnen! Sie beugte sich zwischen den beiden Vordersitzen vor, sah auf Minous freie Lenden und fragte: „Hast du vielleicht eine Zigarette für mich, David?"

David öffnete sein silbernes Zigarettenetui und Margo nahm sich eine Zigarette heraus. Dann reichte David ihr Feuer. Margo sah David an und sagte: „Danke, David", während sie übers ganze Gesicht grinste. Sie drehte ihren Kopf jetzt zu Minou und fragte: „Ist ganz schön heiß heute, nicht wahr, Minou?"

Minou sah Margo an und antwortete kess: „Ich mag es, wenn's heiß ist!", und sah dabei David mit einem leidenschaftlichen Blick an. Margo zog an ihrer Zigarette und lehnte sich wieder zurück. Dann blickte sie in den Rückspiegel und sah Minous verächtliches Lächeln.

74

Schließlich kamen sie kurze Zeit später am *L'Étoile* an. Sie stiegen aus und gingen in das schöne Restaurant. Es war in zarten Rottönen gestaltet und bot ein mediterranes Ambiente mit viel Kerzenlicht. Philippe hatte einen Tisch direkt am Fenster reserviert, der einen phantastischen Blick über eine kleine Meeresbucht bot.

Am Fenster saßen sich Minou und Margo gegenüber. Neben Margo saß Juliette David gegenüber und neben Juliette saß ihre Mutter Juliettes Vater gegenüber, also neben David. David war mit seinem Platz nicht unzufrieden, denn hätte Juliettes Mutter neben ihm gesessen, hätte sie jeden Blick von Margo sehen können. Elaine war immerhin eine Frau, und Frauen wissen die Signale anderer Frauen sehr wohl zu deuten und das wusste David.

Der Ober kam und nachdem Philippe seine Gäste befragt hatte, bestellte er eine große Flasche Champagner. Alle unterhielten sich eifrig. Juliettes Eltern plauderten über die Hochzeitsgäste, beziehungsweise auf wen sie sich freuten und auf wen eher weniger. Juliette plauderte mit Margo, die immer wieder unauffällig zu David herüberschaute. Da er es für auffällig hielt, wenn er mit Minou kein Wort wechselte, unterhielt David sich mit ihr. Gerissen wie er war, setzte er sich etwas seitlich auf seinen Stuhl, um so Elaine im Falle eines Falles den Blick ein wenig zu versperren!

„Wie schnell fährt dein Ferrari eigentlich?", fragte David.

„270! Dann wird die Geschwindigkeit leider elektronisch abgeriegelt", antwortete Minou. „Hast du schon einmal einen gefahren?", fragte Minou, während sie sich langsam eine rote Weintraube in den Mund schob.

„Ja, schon einige Male", antwortete David. „Ist ein ziemlich schnelles Auto für eine Frau."

„Das kommt wohl auf die Frau an", sagte Minou und lächelte David an. „Du darfst mein Schätzchen gern mal fahren, wenn du Lust hast", sagte sie.

„Da kannst du dir was drauf einbilden", sagte Juliette plötzlich und lächelte David an. David lächelte zurück. Minou

75

legte ihren Kopf auf ihren Arm, der auf den Tisch gestützt war und sah David mit ihren feurigen Augen an.

„Wofür interessiert du dich noch, David, außer für schöne Autos, meine ich?", fragte Minou mit sanfter Stimme.

„Für vieles. Antiquitäten, Wassersport, Tennis, Reiten und so weiter", antwortete David.

„Du reitest?", fragte Minou erstaunt.

„Ja", antwortete David.

„Ich auch", sagte Minou.

‚Dass du reiten kannst, weiß ich ja schon, du Luder', dachte sich David und lächelte innerlich...

„Hast du ein Pferd?", fragte Minou, die gerade an ihrem Champagnerglas nippte und ihren nackten, zarten Fuß zärtlich an Davids Bein rieb.

„Nein, im Moment nicht. Mein Pferd musste ich vor etwa einem halben Jahr verkaufen. Ich hatte leider kaum noch Zeit zum Reiten, deshalb war es besser so", antwortete David.

„Welche Farbe hatte es?", fragte Minou.

„Schwarz. Eine schwarze Stute", antwortete David.

„Passt zu dir", sagte Minou, die ja ein schwarzes Abendkleid trug!

Margo hatte mit einem Ohr zugehört und war von Minous Annäherungsversuchen nicht begeistert. Alle hatten sich bereits ein Menü ausgewählt. Während jetzt alle aßen, schob Margo ihren Fuß zwischen Davids Beine, um sein bestes Stück etwas zu massieren.

Diese Rechnung hatte sie jedoch ohne den Wirt gemacht, denn Minou erblickte ihren Fuß!

„Was ist denn das?", fragte Minou so laut, dass es alle am Tisch mitbekamen, hob das Tischtuch an und schaute unter den Tisch.

„Ach so, ein Schuh", sagte Minou. „Ich habe mich schon gerade gewundert, was da unter dem Tisch liegt." Dabei lächelte Minou Margo verächtlich zu.

Margo zog ihren Fuß zwischen Davids Schenkeln heraus und

76

sagte: „Das ist mir aber peinlich!"

„Unsinn", sagte Juliettes Vater, „das muss dir nicht peinlich sein", und lächelte Margo zu. Somit war Margo erst einmal ausgebootet, zumindest für diesen kleinen Moment.

‚Du Miststück', dachte sich Margo. „Entschuldigt mich, aber ich komme nicht an meinen Schuh heran", sagte Margo, wischte sich mit der Serviette den Mund ab und krabbelte etwas unter den Tisch.

Bevor sie den Schuh aufhob, streichelte sie mit ihrer linken Hand einmal kurz und sanft über Davids bestes Stück und klopfte dann zweimal kurz auf Minous Knie und hob die Tischdecke etwas hoch.

Margo sah Minou in die Augen und sagte leise: „Nichts für ungut, Schätzchen!"

Minou war in diesem Moment so wütend, dass sie Margo am liebsten ihren spitzen Stöckelschuh in die Rippen gejagt hätte! Aber sie tat es nicht.

Dann saß Margo wieder am Tisch, hob ihr Glas und prostete David lächelnd zu. David prostete zurück, war in Gedanken aber ganz woanders, nämlich in Margo...

Nun widmeten sich David, Minou und Margo für einige Minuten ihrem Essen. Als sie fertig waren, bestellte Margo sich noch ein Vanilleeis mit viel Sahne. David bestellte sich einen Mocca.

Einige Zeit später kam die Kellnerin und servierte. Erst bekam Margo ihr Eis, dann ging sie um den Tisch herum, um David den Mocca zu servieren. Schon vorhin war David nicht entgangen, dass die blonde Kellnerin, etwa Anfang 20, sehr attraktiv war. Durchtrieben wie er war, nutzte er die Gelegenheit um mit ihr zu flirten. So konnte er auch gleichzeitig ein bisschen Eifersucht aufkeimen lassen!

Die Kellnerin lehnte sich zwischen David und Minou hindurch und stellte den Mocca auf den Tisch. Während ihre Brüste Davids Schultern leicht berührten, drehte sie ihren Kopf etwas nach links und sah David mit ihren graublauen Augen an und lächelte.

Dann sagte sie: „Bitte sehr, Monsieur!"

David sah ihr mit einem lockenden, charmanten Blick tief in die Augen und sagte: „Er wird mir sicher besonders gut schmecken!"

„Haben Sie sonst noch einen Wunsch?", fragte die Kellnerin, die immer noch mit ihren Brüsten an Davids Schultern verweilte.

David lächelte und antwortete: „Vielleicht später!"

Dann zog die Kellnerin von dannen, drehte sich aber noch einmal ziemlich auffällig nach ihm um. David bemerkte es nicht, Minou, Margo und auch Juliette aber schon.

„David, David, du kannst aber charmant sein. Vielleicht etwas zu charmant!", sagte Margo und sah Juliette an. Juliette war zwar nicht gerade sehr begeistert, reagierte aber nicht darauf. Juliettes Mutter hatte den kleinen Flirt auch mitbekommen. Sie lächelte David zu und ermahnte ihn mit erhobenem Zeigefinger! Minou reagierte gegenüber David mit einem ziemlich verärgerten Blick.

David hatte voll in Schwarze getroffen!

Er trank zufrieden seinen Mocca und wusste, dass die Flammen der Begierde an diesem Tisch jetzt noch höher schlugen.

Später verließen dann alle das L'Étoile und stiegen in die Jaguars ein. Diesmal saßen David und Juliette hinten und Minou und Margo vorne. Weder Minou, noch Margo waren mit ihrer Sitzposition zufrieden! Sie waren kaum losgefahren, da beugte sich David schon zu Juliette herüber und küsste sie leidenschaftlich. David streichelte mit der linken Hand Juliettes rechtes Bein, während er mit seinem rechten Arm ihren Hals umschlang. Jetzt küsste er zärtlich ihren Hals und ihr Dekolletee.

„David", stöhnte Juliette leise vor sich hin. Juliette glühte vor Lust!

David spürte das und auch er war sehr erregt, vor allem weil er wusste, dass Minou und Margo alles mitbekamen und garantiert ganz schön ins Schwitzen kommen würden.

78

Sanft schob David seine Hand durch den Seitenschlitz von Juliettes weißem Abendkleid. Jetzt atmete Juliette schon wesentlich schneller.

Margo drehte sich nach hinten um. Sie sah eine vor Lust wimmernde Juliette, die sich vor Erregung wand und die Augen geschlossen hatte. David jedoch hatte seine Augen nicht geschlossen. Er sah Margo tief in die Augen, während er Juliettes Venus sanft und gekonnt massierte. Margo war fassungslos und hocherregt zugleich. Ihre Hände waren feucht und ihre Schenkel lechzten nach Berührung! Dann drehte sie sich wieder nach vorne und sah Minou fragend an. Auch Minou konnte im Rückspiegel das meiste beobachten, denn sie hatte ihn schon längst etwas tiefer gestellt. Es fiel ihr sichtbar schwer, sich auf das Lenken des Wagens zu konzentrieren. Auch ihre Hände waren feucht vor Erregung.

Dann wurde Juliette von ihren Qualen erlöst, denn David hatte ihren Höhepunkt durch kleinere Ruhephasen ganz bewusst immer wieder verzögert. Das entging auch Minou und Margo nicht.

Juliette stöhnte laut und hechelte schnell als sie ihren *kleinen Tod* starb, der eine Ewigkeit andauerte. Dann wurde es hinten ruhiger, aber noch immer stöhnte Juliette leise vor sich hin...

Margo sah Minou an und sagte mit scharfer Stimme: „So ein Aas!"

Minou sah jetzt Margo an, lächelte und nickte zustimmend.

Kurze Zeit später hielt der Wagen vor der Garage von Juliettes Vater und alle stiegen aus.

Dann gingen alle gemeinsam ins Haus. Alle Schlaf- und Gästezimmer des Hauses befanden sich im Obergeschoss. Das Schlafzimmer der Eltern lag links von der Marmortreppe. Deshalb verabschiedeten sich David, Juliette, Minou und Margo bereits an der Treppe von Juliettes Eltern und gingen dann am Geländer entlang in die andere Richtung. Alle wollten jetzt schlafen, da sie ja am nächsten Morgen früh aufstehen mussten – wegen der Hochzeit!

Das Gästezimmer in dem Margo übernachten sollte, lag

79

direkt neben Davids und Juliettes. Minous Suite, in der sie ja dauerhaft wohnte, lag direkt gegenüber. Während Juliette Margo eine gute Nacht wünschte, gab Minou David einen langsamen und zärtlichen Kuss auf seinen Mund und sah ihm leidenschaftlich tief in die Augen. David hatte dabei seine rechte Hand auf ihren strammen Po gelegt.

Sie konnten es riskieren, denn Juliette umarmte Margo mit dem Rücken zu David und Minou. David genoss jede Sekunde, in der er Minous warme Lippen spüren durfte. Als Minou merkte, dass sich Juliettes Umarmung löste, ließ sie von David ab.

Juliette kam auf Minou zu und umarmte sie. David ging auf Margo zu. Sie war schon ganz gierig auf dieses kleine Geschenk, denn sie hatte sich hoffnungslos in David verliebt! Sie nahm Davids Hände und drückte sie fest aber zärtlich.

Dann legte sie ihren Kopf zur Seite, öffnete ihren Mund und küsste David tief und anmutig zart. Auch sie konnte sich das leisten, denn Juliette hatte auch ihr den Rücken zugekehrt! Dann sah sie David tief in seine Augen und flüsterte: „Du bist ein Miststück!"

David ließ ihre Hände los und wandte sich Juliette zu. Er klopfte ihr auf die Schulter, während sie Minou noch kurz etwas gefragt hatte und sagte: „Komm ins Bett, mein Schatz."

Minou und Margo wünschten, diese Einladung hätte ihnen gegolten, aber...

David und Juliette gingen in das Gästezimmer. Juliette setzte sich aufs Bett und sagte: „War ein schöner Abend, oder?"

„Ja, das war er. Und das Essen war auch ausgezeichnet", sagte David.

Juliette lehnte ihre Hände zurück aufs Bett und fragte lächelnd mit einem leichten Unterton: „Besonders gut muss doch der Mocca geschmeckt haben, nicht wahr, mein Schatz?"

David, der gerade seine Hose auszog, sah sie an und antwortete: „Es geht so."

„Es geht so?", fragte Juliette, packte David an den Armen

80

und zerrte ihn mit einem kräftigen Ruck aufs Bett! Beide fingen an zu lachen. Dann drehte sich Juliette und beugte sich breitbeinig über Davids Körper und hielt seine Handgelenke fest. Mit entschlossenem Blick sah sie ihn an und atmete schnell. Dann führte sie ihre süßen Lippen zu seinem Mund. Wenn er ihre Lippen berühren wollte, zog sie ihren Mund immer wieder weg und lächelte. Dann erwischte David sie aber doch und zog Juliette zu sich herunter. Sie küssten sich wie wild, ihre Sinne hatten sie nicht mehr unter Kontrolle. Wie in Ekstase wühlten sie im Bett und pressten ihre glühenden Körper aneinander. David genoss es und dachte in diesem Moment nur an Juliette!

Während sie Davids Mund fast auffraß, massierte ihre rechte Hand zärtlich sein bestes Stück. David stöhnte und sein Körper bebte. Als er schließlich kam, fing er laut an zu stöhnen und wurde immer lauter.

„David, nicht so laut, pssst!", sagte Juliette, die ihn immer noch massierte. David schlug seinen Kopf hin und her. Plötzlich drückte Juliette ihm ein Kissen aufs Gesicht, denn sein Stöhnen konnte man im ganzen Haus hören!

Minou saß am Kopfteil ihres Bettes und kochte vor Eifersucht, während sie hastig eine Zigarette rauchte. Dann lief ihr eine Träne herunter!

Und Margo lag in ihrem Bett auf dem Bauch, den Kopf auf die Hände gelegt und lächelte vor sich hin.

‚Na warte, dich kriege ich schon', dachte sie sich.

Kurze Zeit später schliefen David und Juliette eng umschlungen ein, während Minous und Margos Sehnsucht und Gelüste ihnen fast den Verstand raubten. Auch sie schliefen irgendwann ein, doch zuvor hatte jede der beiden Frauen ihr Leid auf ihre eigene Art zu bewältigen. Margo gab sich ihren erotischen Phantasien mit David hin, während Minou bitterlich weinte. Minous harte, aber erotische Hülle, löste sich durch die vielen Tränen auf, die sie in dieser Nacht vergoss! Ihre Liebe zu David war tief, während Margo ja bis jetzt nur in David verliebt war.

Frühmorgens standen alle rechtzeitig auf. An ein ruhiges Frühstück war jedoch nicht zu denken. Morgens um kurz nach 8 Uhr war der Tisch zwar gedeckt, doch jeder ging eigentlich nur kurz ins Esszimmer, um schnell einen Happen zu sich zu nehmen. Schließlich ging auch David in seinem weißen Morgenmantel dort hin.

Er hatte gerade geduscht. Sein blondes Haar war noch feucht und sein Körper duftete nach männlich, markantem Duschgel. Er füllte sich etwas Kaviar auf seinen Teller, um ihn später auf seinen Käse zu legen. Seinen Kaffee hatte er schon auf den großen Esstisch gestellt.

Das Esszimmer war ein prunkvoller Raum. Gut 20 Personen konnten Platz darin finden. Das Zimmer hatte eine große Fensterfront, von der aus man auch das Rondell des Palais sehen konnte.

David begann zu frühstücken. Er war ganz allein in dem riesigen Raum. Er malte sich in Gedanken gerade den Ablauf seiner Hochzeit mit Juliette aus, als Minou den Raum betrat! David saß fast am äußersten Platz des Tisches, direkt bei der Fensterfront. David drehte seinen Kopf nach links zur Eingangstür. Er sah Minou und schluckte, als ob er einen Frosch im Hals gehabt hätte.

„Minou", sagte David und sah sie mit großen leuchtenden Augen an. Sofort entbrannte in ihm die Sehnsucht nach ihr, denn er liebte Minou!

„Guten Morgen, David", sagte Minou und drehte sich mit gesenktem Blick zum Frühstücksbuffet um. Als sie sich ihren Teller gefüllt hatte, nahm sie den erstbesten Platz und rückte ihren Stuhl etwas vom Tisch ab, um sich zu setzen.

David spürte, dass mit Minou etwas nicht stimmte! Die sonst so souveräne und lässige Minou wirkte auf David geknickt, ja gar traurig.

Er nahm seinen Kaffee und auch seinen Teller und ging zu dem Stuhl, der Minou direkt gegenüber stand. David stellte sein Gedeck ab und setzte sich hin. Er schob langsam seine Hände über das Tischtuch in Richtung Minou. Als er kurz davor war,

82

ihre Hände berühren zu können, hob sie langsam ihren Kopf und sah ihn an.

David konnte nicht glauben was er sah. Minous zartes Gesicht war von Tränen überströmt! Sie suchten sich ihren Weg über die Wangen zum Kinn und fielen wie Glasperlen auf Minous Dekolletee.

David begriff sofort was los war und ergriff zärtlich ihre Hände. Ihm wurde bei ihrem Anblick ganz kalt, wusste er doch sehr genau, dass Minou um ihn weinte!

Minou fühlte die Wärme und die Geborgenheit, die von Davids starken Händen ausging. Sie senkte für einen Moment ihren Blick und sah dann wieder zu David auf. Minou schniefte und wischte sich mit ihrer linken Hand etwas die Tränen aus ihren Augen.

„Ich weiß, dass du mich liebst, David", sagte Minou weinend.

David senkte kurz seinen Blick, sah ihr dann tief in die Augen und sagte: „Ja, ich liebe dich, ich liebe dich unendlich, Minou!" Minou fing wieder furchtbar an zu weinen und schluchzte. Dann drehte sie ihren Kopf zur Seite und hob ihren Blick.

„Warum spielst du dann mit mir, David?", fragte Minou in lautem Ton. Sie sah ihn an und sagte: „Du kannst nicht alle Frauen haben!"

David stand auf, ging zur Fensterfront und starrte aus dem Fenster. Er wusste, dass Minou nur allzu Recht hatte. Minou stand auf, ging auch zur Fensterfront und stellte sich neben ihn.

„Du weißt gar nicht, was Liebe ist, David!", sagte Minou und sah ihm vorwurfsvoll in die Augen. „Ich hätte dir alles gegeben. Wir hatten zusammen mehr, als du ahnst. Du hast es einfach weggeworfen, David!", sagte Minou. Dann verließ sie wütend und weinend das Esszimmer! Aber das, was sie zu ihm gesagt hatte, ließ David nicht unberührt. Er stützte seine Hände auf den Tisch und senkte seinen Blick. Es war nicht Begierde, sondern tiefe Liebe, die ihn lenkte, als er plötzlich laut rief: „Minou!"

Sie drehte sich tränenüberströmt um. Minou blickte David

direkt in seine braunen, unergründlichen Augen.

David ging langsam auf sie zu. Dann blieb er vor Minou stehen und sagte: „Ich muss Juliette heiraten. Aber ich liebe dich. Ich werde dich niemals loslassen. Du bist die Frau meines Lebens! Hätte ich doch nur dich zuerst getroffen." Dann ließ er sich in Minous Arme fallen und fing bitterlich an zu weinen.

Minou glaubte David. Also tat sie das, was wohl jede Frau und jeder Mann in dieser Situation getan hätte. Sie umarmte ihren Liebsten und nutzte die Gunst der Stunde, sofern noch Zeit dafür war!

In diesem Moment wurde Minou wieder stark. Sie nahm Davids Kopf zwischen ihre Hände, hob ihn etwas an und sagte mit leiser und ruhiger Stimme: „Ich bin in meinem ganzen Leben noch nie einem Mann hinterhergelaufen, aber dir folge ich bis an den Rest der Welt!"

Dann küsste sie ihn. Eine wohlige, erleichternde Wärme ging durch Davids Körper. Er zog Minou dicht an sich. In diesem Moment verspürte David eine so tiefe und leidenschaftliche Hingabe, wie er sie noch nie zuvor in seinem Leben gespürt hatte!

Dann drehte sich Minou zur Seite. Dort stand eine große Anrichte mit vielen Photos darauf. Alle Familienmitglieder der de Sisalles waren dort in verschiedenen Epochen vertreten. Sie ging hin und nahm ein Photo von ihr in die Hand, welches in einem silbernen Rahmen war.

Minou saß dort auf einem wunderschönen, braunen Pferd. Es stand in einer leichten Brandung vor dem wunderschönen azurblauen Wasser der Côte d'Azur.

Minou gab David das Photo in die Hand und sagte: „Damit du mich nicht vergisst."

„Ich verstehe nicht", sagte David.

„Wir beide wissen nicht, ob und wann wir uns wieder treffen können, David", sagte Minou.

„Minou, wir...", wollte David gerade sagen, als Minou ihren Zeigefinger auf seinen Mund legte und weinend langsam den Kopf schüttelte.

84

„Sag jetzt bitte nichts, Liebster", sagte Minou und küsste David so leidenschaftlich, als wenn es der letzte Kuss gewesen wäre...

Selbst als David die Marmortreppe empor ging, konnte er noch Minous Wärme und Hingabe spüren. Er wischte sich die letzten Spuren seiner Tränen aus den Augen und lehnte seine Hände gegen das Geländer. Minou war bereits auf ihr Zimmer gegangen.

Er wusste nicht, was er jetzt tun sollte. David fühlte sich leer. Er ging die Treppe wieder hinunter und ging auf die Gästetoilette. Dort weinte er wieder.

Es war 12.30 Uhr als der mit Blumen geschmückte schwarze Jaguar von Juliettes Vater vor dem Eingangsportal der *Cathédrale Sainte-Réparate* in Nizza hielt. Es war Juliettes Wunsch gewesen, dort zu heiraten.

Juliettes Vater öffnete ihr die Tür und Juliettes Mutter öffnete David die Tür. Vor dem Eingang bildeten zwei riesige Menschenschlangen einen Tunnel. Der Himmel war strahlend blau und das Wasser des Meeres konnte man leicht rauschen hören.

Nun gingen alle in die Kirche hinein und setzten sich. Es war ein prachtvolles, anmutiges Gebäude aus dem 17. Jahrhundert. Besonders schön war die marmorne Balustrade des Chores, auf der ungefähr 30 Sänger und Sängerinnen saßen.

Die Zeit vor der Trauung wurde mit Gebeten und hellem, harmonischem Chorgesang ausgefüllt. Die meisten Gesichter der Hochzeitsgäste kannte David nicht. Nur einige, wie zum Beispiel Ron und seine anderen Freunde, seine zwei Tanten und seine Großeltern. Vivian, Monique und Margo waren natürlich auch dort.

Jetzt war es nicht mehr lang hin bis zur Trauung. Juliette war aufgeregt und glücklich. David war auch aufgeregt, aber unglücklich! Er drehte sich vorsichtig um, um nach Minou zu sehen. Sehr gefasst saß sie da, in ihrem eleganten, schwarzen

Kostüm, unter dem sie eine rote Bluse mit großem Kragen trug. Sie lächelte ihm zu, als wollte sie ihm Mut machen. Schließlich lächelte David zurück. Dann drehte er sich wieder um. Kurze Zeit später stand David bereits vor dem Hauptaltar.

Nun war es soweit. Juliette ging, von ihrem Vater geführt, den langen Mittelgang entlang in Richtung Altar.

‚Sie sieht wunderschön aus‘, dachte sich David.

Wie eine Venus, in ein prachtvolles Brautkleid gehüllt. Ihr Kleid hatte durchsichtige, lange Ärmel. Ihr Schleier war fast 5 Meter lang und wurde von zwei süßen Mädchen an den Enden getragen. Niemand in der Kirche hatte zuvor ein so anmutiges, schönes Brautkleid gesehen. Es hatte ihre Eltern ein kleines Vermögen gekostet.

Nun schritt Juliette langsam und graziös die Empore hinauf und stand neben David. Sie lächelte ihm zu und David fühlte sich plötzlich in diesem Moment gar nicht mehr so unglücklich, denn Juliette war eine Braut mit bestechender Ausstrahlung und voller Schönheit und Güte! Jetzt wurden David und Juliette unruhig und waren voller Aufregung.

Der Bischof nahm sein Buch in die Hand und fragte die beiden nach ihrem Wunsch zu heiraten. David und Juliette antworteten beide mit Ja.

Davids Antwort kam etwas zögerlich, aber das machte in der Kirche niemanden stutzig. Schließlich ist Aufregung bei einer Hochzeit nichts Ungewöhnliches.

Dann tauschten David und Juliette die Ringe. Beide strahlten übers ganze Gesicht. Jetzt liefen Juliette kleine Freudentränen über die Augen, die sie kurz wegwischte. Schließlich hatte sie jetzt ihren Traummann zum Ehemann.

„Ich erkläre Sie hiermit zu Mann und Frau", sagte der Bischof. „Sie dürfen die Braut jetzt küssen", sagte er und lächelte David zu. Und David tat es. Er berührte Juliettes zarten, weiß geschminkten Lippen mit den seinen und sah dabei in ihre strahlend blauen Augen.

Es war zwar ein harmloser, aber dennoch so erotischer und anmutiger Kuss, dass sogar Juliettes Vater eine Träne verlor.

86

Minou war froh, dass auch viele andere Frauen weinten. Warum sie weinen musste, ahnte ja niemand!

Als David und Juliette die Empore hinabstiegen, waren sie glücklich. David war nun ein *de Sisalles*.

Langsam schritten sie den roten Teppich entlang. Die Glocken erklangen laut und hell. Es war ein Augenblick, den vor allem Juliette wie in Zeitlupe empfand. In fast allen Gesichtern war ein echtes Lächeln und echte Freudentränen zu sehen, nur bei drei Frauen nicht: Monique, Margo und Minou.

David und Juliette schritten durch das prächtige Portal nach draußen. Während alle den beiden gratulierten, flogen Tausende von roten Rosenköpfen durch die Luft. Aus zwei Käfigen, einer auf jeder Seite, wurden strahlend weiße Tauben freigelassen.

Der breite, rote Teppich führte bis zum Brautauto hin. Es waren Hunderte, die dort vor der Kirche standen.

Alles war wie in einem Traum und für Juliette war er zweifelsohne in Erfüllung gegangen...

Etwas später stieg dann das Brautpaar ein und der Vater startete den Wagen. Die Gendarmerie von Nizza hatte einige Strassen vorübergehend abgesperrt, eine kleine Geste des Polizeichefs, der gut mit Juliettes Vater bekannt war.

Eine Karawane von über 50 Autos schob sich dann durch die schöne Altstadt. Alle hupten natürlich. An den Straßenrändern blieben begeisterte Passanten stehen und winkten dem Brautpaar zu.

Vorneweg fuhr eine Eskorte aus 6 Motorrädern mit Blaulicht. Es war für David und Juliette eine wunderschöne Fahrt bis zum Palais von Juliettes Eltern.

Der Brautwagen hielt direkt vor der Haustür. Als Juliettes Vater ihr die Tür öffnete, startete plötzlich ein gewaltiges Feuerwerk!

Es war eine kleine Überraschung für seine Tochter. Es sah wunderschön aus. Obwohl es ja helllichter Tag war, knallten Unmengen von Raketen hoch im Himmel und alle mit rotem Glitzerregen!

Juliette war fassungslos und gerührt zugleich. David klopfte

Juliettes Vater anerkennend auf die Schulter und sagte: „Es ist großartig, Philippe." Als das Feuerwerk zu Ende war, war lauter Applaus zu hören, denn es war wirklich ein Meisterwerk gewesen. Dann beruhigte sich die Menge etwas und die Gäste fuhren ihre Wagen auf ihre Parkplätze. Es wurden extra diverse Ordner engagiert, um der Fahrzeugmasse überhaupt Herr zu werden.

Die Menschenmenge schob sich nun durch das Haus hindurch in den Garten des Palais. Die beste und teuerste Cateringfirma der ganzen Côte d'Azur servierte zum Empfang Champagner und Amüsements.

Im Garten war eine riesige Tafel aufgebaut, an der insgesamt 214 Gäste Platz finden mussten. Der Weg zur Tafel war mit 20 Rosenbögen geschmückt, die mit großen roten Rosen bestückt waren.

Überall im Garten, waren runde Tische mit jeweils 8 weißen Stühlen aufgestellt. Die Tanzfläche war 30 x 30 Meter groß und hatte an den Ecken weiße Gittersäulen, auch mit Rosen bestückt.

Direkt an der Tanzfläche befand sich auch die Musikband, die aus 12 Personen bestand. Überall waren Bistrotische und Sitzbänke im Garten verteilt worden. Und im Wohnzimmer waren die Wände mit weißem Tüll abgehängt worden.

Alle Möbel waren herausgeräumt worden. Dort war jetzt eine weitere kleine Tanzfläche und ein langer Bartresen. Überall waren rote und weiße Accessoires und jede Menge Pflanzen.

„Schöner könnte man eine Hochzeitsfeier gar nicht ausrichten, vielen Dank Papa, vielen Dank Mama", sagte Juliette und gab ihnen einen Kuss. Und fast alle Gäste dachten genauso. Ihr Vater hatte vieles erst aufbauen lassen, als sie in der Kirche waren, damit Juliette nicht alles vorher sehen konnte! David war natürlich eingeweiht gewesen, verriet Juliette aber nichts.

Während sich alle Gäste amüsierten, gingen David und Juliette in einen großen, offenen Pavillon. Er war prall gefüllt mit Geschenken, welche auf Tischen standen oder auch

88

daneben, weil sie einfach zu groß waren. David und Juliette waren begeistert, denn alle Gäste trugen natürlich schnell das Geschenk in den Pavillon, damit das ihrige zuerst ausgepackt werden würde! Aber dazu hatten David und Juliette an diesem Tag einfach nicht genug Zeit. Dafür würden sie Tage brauchen, denn allein die Geschenke der Geschäftspartner des Vaters hätten 4 Badewannen füllen können. Also konzentrierten sie sich auf die Geschenke derjenigen, die den beiden am nächsten standen.

Alle hatten sich sehr in Unkosten gestürzt und sich sehr viel Mühe gegeben. Juliette fiel beim Auspacken auf, dass von ihren Eltern kein Geschenk dabei war. Sie war nicht enttäuscht, sondern eher verwundert, denn sie war sich sicher, dass sie sich sehr großzügig zeigen würden.

‚Na ja, vielleicht ja später‘, dachte Juliette.

Einige Zeit später, so gegen 16 Uhr, gab es dann nach der Kaffeetafel den ersten Tanz. Bis dahin spielten die Musiker immer nur leicht beschwingliche Hintergrundmusik. Der erste Tanz gehörte natürlich dem Brautpaar. Es war ein sehr romantisches Lied welches sich Juliette gewünscht hatte: *I Like Chopin*.

Die Musiker spielten das Lied perfekt, denn sie hatten es auf Wunsch von Juliettes Vater speziell einstudieren müssen. Alles war still, als David und Juliette sich in sinnlichen und liebevollen Bewegungen über die Tanzfläche bewegten. David führte Juliette mit der linken Hand. Seine rechte Hand lag an ihrer Taille.

In diesem Moment waren sie voller Glück und Liebe. Juliette sah David an, als hätte sie einen Engel gesehen. Auch David erging es nicht anders. Mit ihren warmen, blauen Augen sah sie ihn an und ihr Lächeln verzauberte David förmlich.

Das Lied war vielen noch in Erinnerung geblieben, doch einige vergaßen es im Laufe der Jahre. Es war ein Lied, das gerade Verliebte sehr berührte und Phantasien hervorrufen konnte.

„Sieht David nicht großartig aus?“, fragte Monique ihre

Freundin Vivian voller Bewunderung.

Vivian lächelte und sagte: „Ja, er sieht großartig aus."

David trug einen schwarzen Smoking mit einem weißen Hemd darunter. Seine Fliege hatte er längst abgelegt und sein Hemd um drei Knöpfe geöffnet. Sein blondes Haar war perfekt gestylt und seine braungebrannte Brust war etwas sichtbar. Neben seinem Ehering trug er an der linken Hand einen schmalen, goldenen Siegelring mit zwei kleinen Diamanten und einer schwarzen Onyxplatte. Seine braunen Augen bildeten einen faszinierenden Kontrast zum Dunkel seines Smokings.

Als Juliette schließlich ein Handzeichen gab, drängte sich die ganze Hochzeitsgesellschaft auf die Tanzfläche. Juliette trennte sich mit einem Kuss von David und tanzte nun mit ihrem Vater. Und David tanzte natürlich mit Juliettes Mutter.

„Juliette ist sehr glücklich", sagte sie lächelnd, während sie sich langsam von David führen ließ.

„Ich auch, Elaine, ich auch", sagte David und lächelte.

Danach tanzte Juliette mit Davids Großvater. Er war groß, dunkelhaarig und immer noch ein sehr attraktiver Mann. Er schob Juliette übers Parkett, so dass sie schon nach kurzer Zeit ganz schön aus der Puste war. Dabei fiel Juliette auf, dass seine Augen Davids sehr ähnlich waren. Die beiden verstanden sich auf Anhieb prächtig.

David tanzte inzwischen mit seiner Großmutter. Sie war immer noch eine Schönheit, tanzte aber eher ruhig mit David. Sie hatte nicht mehr ganz so viel Elan wie ihr Mann. Man sah ihr genau an, wie sehr sie es genoss, an diesem Tag bei David zu sein.

„Sie ist eine wunderschöne Braut", sagte sie und lächelte David liebevoll an. Davids Großmutter hatte seine Juliette auf Anhieb ins Herz geschlossen.

Die Zeit verging. Später gab es dann einige Hauptmenüs, bei denen wirklich für jeden etwas dabei war. Alles war großartig! Und alle waren jetzt erst einmal sehr satt von dem vielen Essen. David beobachtete während des Essens Monique, Margo und Minou.

‚Lustig‘, dachte sich David, ‚dass viele Vornamen der Frauen, die ich neben Juliette begehre mit einem M anfangen!‘ Bisher war ihm das gar nicht so recht aufgefallen und doch erschien es David ein bisschen seltsam...

Aber die drei Frauen hatten sich mit freundlichen Gesten bisher sehr zurückgehalten, denn die vielen älteren Gäste, allen voran die, die nicht tanzten, waren einfach zu gute Beobachter!

Nach dem Essen stand Juliettes Vater auf und klopfte mit einem kleinen Silberlöffel gegen sein Weinglas. Er wollte eine Rede halten, holte tief aus und räusperte sich kurz!

„Also, meine liebe Juliette, mein lieber David und meine lieben Gäste. Ich freue mich, dass ihr alle und zwar wirklich alle heute gekommen seid, um der Vermählung zweier Menschen beizuwohnen, die wahrlich füreinander geschaffen sind. Ich freue mich für meine liebe Juliette, dass sie einen Mann gefunden hat, der ihr all das zu geben vermag, was sie sich immer gewünscht hat!“ Dann sah er David und Juliette an, erhob sein Glas und sagte: „Möge eure Liebe ewig währen!“

David und Juliette standen auf und prosteten Juliettes Vater zu. Juliette hatte Tränen in den Augen und flüsterte: „Danke, Papa!“

Alle Gäste erhoben ihr Glas und nahmen Anteil am Glück des Brautpaares. Dann spielten die Musiker ein Lied zur Einstimmung, damit die Hochzeitsgesellschaft nach dem reichhaltigen Menü wieder etwas in Schwung kommen würde.

Juliette war als Braut natürlich stark beschäftigt. David erklärte allen Frauen, die ihn bis dahin zum Tanz aufforderten, dass er im Moment etwas müde sei und stand im Wohnzimmer des Palais an der dort aufgebauten Bar. Er trank mit einer Tante von Juliette, die ihm bis dahin völlig unbekannt war, einen Baileys on the Rocks. Während er sich unterhielt, beobachtete er, wie ein Mann mit Monique tanzte und sie zu bedrängen schien.

Monique bedeutete David immer noch sehr viel. Er konnte sie nicht vergessen. Dann unterhielt sich David weiter. Nach kurzer Zeit sah David wieder auf die Tanzfläche neben der Bar, doch Monique war weg. David hatte irgendwie ein komisches Gefühl bei der Sache.

Er nahm noch einen Schluck aus seinem Glas und sagte dann der Dame, mit der er sich bis dahin unterhalten hatte: „Entschuldigen Sie mich bitte, ich wünsche Ihnen noch einen angenehmen Abend."

David ging in den Garten, um Monique zu suchen, doch er fand sie nicht. Er befragte auch einige Wachmänner, die in Kellnerbekleidung unauffällig das Terrain bewachten. Doch keiner von Ihnen hatte Monique gesehen.

‚Das gibt's nicht!', dachte sich David. Er zündete sich eine Zigarette an und nahm einen tiefen Zug. Er stand jetzt gerade neben der großen Garage, als er Moniques Stimme hörte. Er konnte nicht genau verstehen was sie sagte, bemerkte aber, dass Monique in Schwierigkeiten steckte.

David ging um zwei Ecken herum und sah jede Menge Autos. Vor einem roten Porsche stand ein großer Mann und gestikulierte wütend mit den Armen. Monique hatte sich gegen den Wagen gelehnt und brachte vor Angst scheinbar kein Wort heraus. David trat seine Zigarette auf dem Kies aus und ging auf die beiden zu. Als der Mann Davids Schritte im Kies hörte, drehte er sich um.

„Hallo, Monique", sagte David in ernstem Ton.

Sie sah an den Schultern des Mannes vorbei. Dann lächelte sie verschmitzt und sagte: „David."

„Gibt's irgendein Problem?", fragte David und sah Monique dabei an.

Der Mann sah David mit hasserfüllten Augen an und sagte: „Das geht dich doch wohl gar nichts an, oder?"

David ging einen Schritt auf ihn zu und blieb stehen. „Auf meiner Hochzeit bestimme ich, wann es Probleme gibt und nicht Sie!", sagte David in energischem Ton. Dabei hatte er einen so teuflischen Blick, dass sogar Monique etwas mulmig zumute wurde. Der Mann stellte sich vor David. Er war um einiges größer als David und David war mit seinen 187 cm nicht gerade klein.

92

„Das hier geht dich gar nichts an, klar? Außerdem bin ich Bodyguard und ich rate dir, dich schnell zu verziehen!", sagte der Mann.

David beeindruckte das wenig oder um es genau auszudrücken gar nicht. Er ging zu Monique, sah ihr tief in die Augen und bemerkte, dass Monique vor Angst zitterte. „Gibt es ein Problem?", fragte er Monique in ruhigem, aber ernstem Ton. Verängstigt nickte Monique.

Plötzlich packte der Mann David an seiner rechten Schulter. Das hätte er besser nicht tun sollen, denn mit einem Mann wie David sollte man sich besser nicht anlegen!

Blitzschnell prallte Davids rechter Ellenbogen in die Rippen des Mannes! Es war ein so gewaltiger Schlag, dass sogar Monique das Knacken der Knochen hören konnte. Der Mann fiel zu Boden und krümmte sich vor Schmerzen. David hockte sich vor dem Mann hin und hob ganz ruhig und gelassen das Kinn des Mannes etwas an.

„Wie gesagt, ich bestimme, wann es Probleme gibt und wann nicht!" Dann lächelte David den Mann höhnisch an und sagte: „Kommen Sie Monique nicht noch einmal zu Nahe, haben wir uns verstanden?"

Mit schmerzverzerrtem Gesicht traute der Mann sich nicht, noch irgendetwas zu sagen und nickte ein paar Mal!

David rief per Handy den Wachdienst an. Monique war immer noch schockiert und sah David an.

„Keine Angst, er wird wieder gesund", sagte David um sie zu beruhigen. Monique nickte. Zwar war sie schockiert über die Brutalität, doch auch gleichzeitig voller Bewunderung für David.

Monique sah David in die Augen und fragte: „Eine Frau würdest du aber nicht schlagen, oder?"

„Natürlich nicht. Solche Männer verabscheue ich zutiefst!", antwortete David. Dann tauchten zwei Wachmänner auf.

Der eine beugte sich zu dem Mann herunter und sah zu David auf und fragte: „Um Gottes Willen, was ist passiert?"

„Er hat diese Dame belästigt! Schafft ihn hier weg und lasst ihn ins Krankenhaus bringen", sagte David. Schon per Telefon hatte David dem Wachpersonal aufgetragen, eine Bahre mitzubringen. Der Mann krümmte sich vor Schmerzen, als er von den zwei Wachmännern auf die Bahre gelegt und weggebracht wurde.

„Hast du das gesehen?", fragte der eine Wachmann den anderen, „Monsieur de Sisalles hat nicht einen Kratzer abbekommen!"

„Ja, hab ich!", antwortete der andere. Sie waren beeindruckt, denn sie hatten mit dem Gewicht des Mannes ganz schön zu kämpfen.

Nun waren David und Monique allein. David streichelte sanft ihre Wange und fragte: „Wer war der Mann?"

„Es war Pierre, mein früherer Freund", antwortete Monique.

„Warum war er so wütend?", fragte David.

„Ich habe ihm gesagt, dass ich ihn nicht mehr sehen will, schon vor langer Zeit. Aber ich habe ihm nie gesagt warum", antwortete Monique.

„Warum hast du es ihm nicht gesagt?", fragte David.

„Ich wollte ihn nicht verletzen. Er ist eigentlich sehr sensibel, weißt du", antwortete Monique. „Ich konnte ihm den Grund einfach nicht sagen. Er war immer so gut zu mir", fügte Monique hinzu.

„Und was ist der Grund?", fragte David.

„Dass ich einen anderen liebe und keinen anderen will als nur ihn!", antwortete Monique und sah David tief in die Augen. „Ich will nur dich, David", sagte sie und wollte gerade nach seinen Händen greifen, als Vivian um die Ecke der Garage kam und sagte: „Da steckst du ja. Was machst du hier Monique?"

Vivian ging auf die beiden zu und fragte lächelnd: „Was tuschelt ihr zwei denn hier hinten herum, hm?"

Monique sah David fragend in die Augen. David sah Vivian an und sagte: „Ich wollte nur einmal kurz Pierre kennen lernen."

Vivian verschränkte skeptisch die Arme und fragte: „Und wo ist Pierre?"

„Er ist gerade eben gegangen", antwortete David. Er sah Monique noch einmal tief in die Augen und sagte: „Bis später."

94

Dann ging er an Vivian vorbei und lächelte ihr zu, bevor er verschwand. David hatte seinen Blick gesenkt und seine Hände in den Hosentaschen, als er zur Bar zurückging. Er bestellte sich ein Glas Champagner. David dachte an Monique. Er dachte daran, welch leidenschaftliche Nacht er mit ihr verbracht hatte. Er hatte sie nie vergessen.

‚Sie ist eine ganz besondere Frau, wie man sie nur selten findet‘, dachte David und steckte sich eine Zigarette an. Dann dachte er an Margo. Den ganzen Abend über hatte er nicht ein Mal mit ihr tanzen können, denn die männlichen Hochzeitsgäste warteten förmlich in Scharen darauf, nur einmal mit ihr tanzen zu dürfen. Dann entdeckte er sie auf der Tanzfläche neben der Bar.

Er blickte ihr tief in die Augen und lächelte ihr zu. Dann widmete David sich wieder seinem Glas Champagner und zog an seiner Zigarette. Dabei blickte er in die Spiegelfläche der Bar und sah Margo von hinten in ihrem zartgelben Abendkleid auf ihn zukommen. Er tat aber so, als würde er es gar nicht bemerken.

„Du hast mich noch gar nicht aufgefordert", flüsterte Margo ihm sanft, aber vorwurfsvoll von hinten in sein rechtes Ohr.

Er drehte seinen Kopf und führte seinen Mund zu ihrem linken Ohr, das diesmal nicht von ihrem langen Haar bedeckt war und fragte: „Hast du es dir denn gewünscht?"

Margo sah David an, öffnete ihren anmutigen Schmollmund mit den vollen Lippen und antwortete: „Tanz jetzt sofort mit mir, David!" Dabei sah sie ihn mit erwartungsvollem Blick an.

David stand von seinem Barhocker auf. Dann legte er seine Hand an ihre Taille und schob sie sanft in Richtung Tanzfläche. Die beiden tanzten so gut zusammen, als hätten sie jahrelang zusammen Standardtänze getanzt. Margo war erregt. Während sie tanzten, ließ sich Margo immer wieder graziös in Davids Arm nach hinten fallen, so dass auch David anfing zu glühen, konnte er doch so ihren prachtvollen Körper in voller Größe bewundern. Es schien so, als wären die beiden füreinander geschaffen!

„Sie tanzen gut zusammen, nicht wahr?", fragte Juliette ihre Mutter, als sie sich neben der Tanzfläche unterhielten.

„Ja, ziemlich gut", antwortete die Mutter mit einem leichten Unterton.

Dann war das Lied zu Ende. Die Musik wurde vom Band und nicht wie draußen live gespielt. Juliette ging zu David und Margo herüber, zog David zu sich und sagte: „Ich darf doch, oder?"

„Natürlich", sagte Margo. „Er gehört doch dir", und lächelte Juliette zu.

Dann tanzten David und Juliette. „Amüsierst du dich gut, Schatz?", fragte Juliette.

„Ja. Du dich auch?", fragte David und gab ihr einen zärtlichen Kuss. Margo hatte diesen Kuss genau beobachtet und wünschte sich, sie wäre an Juliettes Stelle gewesen! David zog Juliette fest an sich. Er spürte, dass Juliette erregt war und auch er verspürte ein flammendes Lodern in seinen Lenden. „Hast du überhaupt schon einmal mit Minou getanzt?", fragte Juliette. David schüttelte den Kopf. „Solltest du aber, sie wirkt irgendwie so in sich gekehrt", sagte Juliette.

„Wo ist sie denn überhaupt?", fragte David.

Juliette sah nach draußen und sagte: „Sie ist dort drüben."

Dann war auch dieses Lied zu Ende. „Gut, ich frage Minou ob sie Lust hat zu tanzen", sagte David.

„Ist lieb von dir", sagte Juliette. „Du bist ein Schatz."

David gab ihr noch einen zärtlichen Kuss und ging hinaus in den Garten. Minou saß auf einer Parkbank, die etwa 10 Meter von der Tanzfläche entfernt stand. Sie hatte die Beine übereinander geschlagen und rauchte eine Zigarette, während sie nach oben in den Himmel sah, der mit Abendrot gefüllt war. Sie bemerkte nicht, dass David sich ihr näherte.

„Darf ich?", fragte David, der sich gerade neben Minou setzen wollte.

Minou sah ihn an und antwortete: „Bitte!" David setzte sich neben Minou.

„Was machst du hier, so allein?", fragte David.

96

„Ich denke nach", antwortete Minou und lächelte David verschmitzt zu.

„Worüber?", fragte David interessiert.

„Über dich, David", antwortete Minou. David griff in die Innentasche seines Smokings und nahm sein Zigarettenetui heraus. Er nahm eine Zigarette und zündete sie an.

David sah Minou in die Augen und fragte: „Was genau denkst du?"

„Ich denke, dass du nicht weißt, was du willst, David. Du lebst wie ein Zigeuner, der viele Abenteuer erleben will, so viele wie möglich. Und ich frage mich, wie lange du noch so weiterleben willst."

David zog an seiner Zigarette und dachte einen Augenblick nach. Dann sah er Minou tief in die Augen und sagte. „Ja, du hast Recht. Aber ich kann es nicht ändern, Minou."

Minou nahm seine Hand und sagte: „Du kannst schon, aber du willst nicht, David."

Und David wusste, dass Minou Recht hatte. Minou streichelte David zärtlich die Wange. In diesem Augenblick kam ihr David vor wie ein kleiner, unschuldiger Junge, den man gerade beim Klauen erwischt hatte.

„Minou, ich...", wollte David gerade sagen, als Minou ihm ins Wort fiel und sagte: „Sag jetzt besser nichts!"

Denn in diesem Moment ging gerade ein Gast an ihnen vorbei. David nahm Minous Hand und sagte: „Tanz mit mir, Minou!"

Minou ging mit. Den ganzen Tag hatte sie sehnsüchtig darauf gewartet. Zuerst tanzten sie im Garten, wo die Musiker spielten. Als das Lied zu Ende war, sagte Minou: „Ich möchte lieber im Haus tanzen."

Sie gingen also zur Tanzfläche neben der Bar im Wohnzimmer. Jetzt brannten dort viele, viele Kerzen und Lüster. Der Raum strahlte eine romantische Wärme aus.

„Warte hier", sagte Minou und ging fort. Sie ging zu dem Mann, der dort die Musik auflegte. Dann kam sie zu David zurück. Und das Lied, welches Minou sich gewünscht hatte,

97

begann zu spielen.

Es war *The Last Kiss* von David Cassidy. Ein sehr langsames, gefühlvolles Lied. Minou legte ihre Arme um Davids Hals. Er spürte die feinen Haare auf ihren Armen und roch den Duft ihrer Haut. Eng umschlungen tanzten sie zu den Klängen hingebungsvoller Liebe.

David kannte das Lied. Aber er wollte nicht, dass der Titel zur Realität wird. Er befürchtete, dass es vielleicht ein Abschiedslied sein könnte!

David sah Minou in die Augen. Der Kerzenschein des Raumes funkelte in ihnen. Aufgeregt öffnete Minou leicht ihren Mund und sah David erwartungsvoll an.

„Ich liebe dich, Minou", sagte David mit ruhiger, hingebungsvoller Stimme.

Minou führte ihren Mund zu Davids Ohr und hauchte ihm zu. „Ich dich auch, mein Liebster!" Dann küsste sie zärtlich sein Ohr und dann seine Wange. In David begann die Sehnsucht nach ihrem zarten, weichen Körper zu brennen.

Auch Minou war sehr erregt. Aber beide wussten, dass das Risiko in diesem Augenblick einfach für beide zu hoch war!

Es war jedoch nicht nur die Lust auf Sex, die David und Minou verband, sondern Sehnsucht, Verlangen und Begierde zugleich.

Einige Tänze später sagte Minou dann: „Du solltest jetzt wieder zu Juliette gehen." David hätte den Absprung auch nicht schaffen können, deshalb war er erleichtert über Minous Vorschlag.

„Wir sehen uns noch", sagte David.

„Bald, sehr bald", sagte Minou und lächelte ihm zuversichtlich zu. David ging hinaus in den Garten. Juliette tanzte gerade mit irgendeinem männlichen Gast. David setzte sich an einen der Tische, die um die Tanzfläche herum standen.

Er war unglücklich! Er begriff, dass seine Heirat mit Juliette ein schwerer Fehler gewesen war. Aber was sollte er jetzt bloß tun, fragte sich David. Am liebsten hätte er Minou an der Hand gepackt und wäre mit ihr einfach davon gefahren, einfach so. So

98

schnell wie sie nur konnten!

David sah zu Juliette herüber und sie lächelte ihm zu. Er lächelte zurück.

Plötzlich wurde die Beleuchtung dunkler und ein gigantisches Feuerwerk begann. Der Himmel war hell erleuchtet. Hunderte von Raketen stiegen in den Himmel auf. Dazu wurden Die vier Jahreszeiten gespielt. Das Feuerwerk war ein Meisterwerk.

Die Raketen wurden im Takt der Musik in den klaren Nachthimmel geschossen. Juliette stand weit entfernt von David neben der Tanzfläche. David ging zu ihr und legte seinen linken Arm um ihre Taille. Dann suchte er mit seinen Blicken Minou. Als er sie erblickte, winkte er sie zu sich heran. Minou war zwar skeptisch, kam aber zu ihm. Als Minou bei David und Juliette ankam, zog er Minou rechts neben sich, legte seinen rechten Arm um ihre Taille und fragte: „Ist es nicht phantastisch?"

Minou sah David von der Seite an und antwortete: „Ja, das ist es."

Gegen 5 Uhr Morgens gingen David und Juliette ins Bett. Ihre Flitterwochen wollten sie ein anderes Mal machen. In dieser Nacht schliefen sie zwar noch miteinander, aber in Gedanken schlief David mit Minou!

Am nächsten Tag gab es dann ein Familienfrühstück. Juliettes Eltern, David und Juliette, Minou und Margo frühstückten gemeinsam.

„Habt ihr schöne Geschenke bekommen?", fragte Juliettes Vater.

„Ja, sehr schöne", antwortete Juliette. David nickte zustimmend.

„Ist euch nicht aufgefallen, dass von uns nichts dabei war?", fragte Juliettes Vater und schmunzelte ein wenig.

„Doch, schon", antwortete Juliette. Ihr Vater stand auf und ging zu einem Schrank. Er nahm eine weiße Mappe heraus. Dann ging er auf David und Juliette zu und überreichte den beiden die Mappe. David und Juliette sahen Juliettes Eltern fragend an.

„Nun macht schon auf", sagte Elaine erwartungsvoll. Juliette nahm die Mappe und schlug sie auf. Sie nahm einige große Photos heraus. Weiterhin befand sich in der Mappe ein Schlüsselbund. Juliette konnte nicht glauben was sie sah! Sie sah ihren Vater an und sagte. „Das ist nicht euer Ernst!"

Es waren Photos eines kleinen Landhauses, aus Naturstein gebaut. Schon immer hatte sich Juliette so eines gewünscht. Es war kein großes Haus, aber der Bauzeichnung nach zu urteilen besaß es genügend Zimmer für ein paar unbeschwerte Urlaubstage.

Für Juliette hatte sich ein Traum erfüllt!

Juliette fiel ihren Eltern in die Arme und war überglücklich. Auch David war begeistert und bedankte sich.

„Es ist wunderschön", sagte Juliette. „Wo liegt es?"

„In Bignoles, mitten in der Provence", sagte der Vater.

„Es muss dort wunderschön sein", sagte David.

„Ist es auch", sagte Minou.

David sah sie an und fragte: „Du kennst es?"

„Ja, ich habe es ausgesucht", antwortete Minou.

„Du hast einen wirklich guten Geschmack", sagte David und lächelte ihr zu.

„Minou kann ausgezeichnet verhandeln. Und außerdem hat sie mit den Waffen einer Frau einen guten Preis herausgeschlagen", sagte der Vater.

„Danke Minou", sagte Juliette und lächelte ihr zu.

„Hab ich gern getan", sagte Minou und trank einen Schluck Kaffee.

Nach dem Frühstück herrschte im Palais eine ziemlich stressige Atmosphäre, denn alles musste ja wieder abgebaut und vieles wieder an seinen Platz gestellt werden.

David dachte dabei sehr oft an das Landhaus. Er war wirklich sehr angetan von der guten Idee von Juliettes Eltern. An diesem Tage verstanden sich alle prächtig, doch der Stress der Hochzeit steckte natürlich noch in den Knochen. Juliette war mit ihrer Mutter im Palais verschwunden und gab der Gebäudereinigungsfirma Anweisungen. David kümmerte sich um den Abbau der Außenaufbauten. Gegen 19 Uhr war innen und außen alles wieder in seinem ursprünglichen Zustand.

„Na, mein Schatz, bist du auch so erschöpft?", fragte Juliette David.

„Ja, etwas", antwortete David und nahm seine Juliette in den Arm. Sie ließ sich förmlich in seine Arme sacken.

„Bist du böse, wenn ich mich einen Moment hinlege?", fragte Juliette.

„Nein, warum sollte ich? Der Abend ist doch noch lang, oder nicht?", sagte David. Juliette gab David noch einen zärtlichen Kuss und ging auf ihr Zimmer, um sich ein wenig auszuruhen.

Dann kam Philippe zu David herüber und sagte: „Na, jetzt haben wir hier wieder alles im Griff, oder?"

„Scheint so, Philippe", sagte David.

„Und, gefällt dir euer kleines Domizil?", fragte Juliettes Vater.

„Es sieht großartig aus", antwortete David.

„Freut mich, dass es dir gefällt. Weißt du, es schien mir auch eine gute Kapitalanlage für euch zu sein", sagte Philippe.

„Das ist es ganz sicher", sagte David und lächelte Juliettes Vater zu.

„Trinken wir ein kühles Bier?", fragte Philippe.

„Gern", antwortete David.

„Ich hole uns welches", sagte Philippe und ging ins Haus. David setzte sich an den großen Gartentisch neben dem Swimmingpool und wartete auf Juliettes Vater. Einen Augenblick später kam er schon zurück, mit zwei Flaschen Bier und zwei Gläsern in der Hand. David und Philippe prosteten sich zu und nahmen jeder einen kräftigen Schluck.

„Ich habe gehört, du interessierst dich für Wassersport?", fragte Juliettes Vater.

„Ja, das stimmt", antwortete David.

„Hast du einen Bootsführerschein?", fragte Juliettes Vater.

101

„Ja, aber kein Boot", antwortete David und lächelte.

„Aber ich! Du darfst es gern benutzen, so oft du willst", bot Juliettes Vater David an.

„Das wäre toll, danke", sagte David.

„Minou kann dir zeigen, wo es liegt. Sie kennt auch die Technik des Bootes besser als ich. Ich habe mir mein Schätzchen letztes Jahr gekauft, bin aber erst ein Mal damit gefahren. Die Zeit, du weißt ja", sagte Juliettes Vater. „Juliette hat keinen Bootsführerschein, Minou schon. Sie fährt wie der Teufel sag ich dir", fügte Philippe hinzu.

‚Das sieht ihr ähnlich', dachte sich David. „Meinst du, Juliette würde auch mitfahren?", fragte er.

„Das glaube ich kaum", antwortete der Vater. „Sie ist mehr für größere Yachten. Die kleinen schaukeln ihr einfach zu sehr, dabei kann sie sich nicht entspannen. Aber fragen kostet ja nichts. Ich würde dir ja auch zeigen, wo das Boot liegt, aber dann müsstest du wohl ein knappes Jahr warten, bis ich endlich mal Zeit habe. Wenn du nicht so lange warten willst, sag Minou Bescheid", sagte Juliettes Vater und lächelte.

„In Ordnung", sagte David.

„Ihr versteht euch doch, Minou und du, oder?", fragte Juliettes Vater.

„Fast wie Geschwister", antwortete David.

„Das freut mich", sagte Juliettes Vater und stieß mit David an.

„Hallo", rief eine Stimme aus dem Haus heraus. Es war Margo, die auf der Treppe zum Garten stand, in einem weißen Badeanzug.

„Sie ist hübsch, nicht wahr?", fragte Juliettes Vater David.

„Ja, das ist sie", antwortete David. Margo ging auf die beiden zu und legte ihr Badetuch auf den Liegestuhl, der etwa 2 Meter vom Gartentisch entfernt war.

„So lässt es sich aushalten, was?", fragte Margo.

„Und ob", antwortete Philippe, „und ob." Dann öffnete sie ihren Zopf und schüttelte ihre langen braunen Haare von rechts nach links. Sie ging graziös zum Beckenrand des Pools und

102

sprang kopfüber ins Wasser.

Als Margo wieder auftauchte, sah David sie an. Mit ihrer sonnengebräunten Haut, ihrem verführerischen Schmollmund und ihrem nassen Haar schien ihr Kopf wie ein Juwel in dem glitzernden Wasser des Pools zu sein. Margo schwamm einige Minuten.

Dann schwamm sie zum Beckenrand und fragte: „Würde mir einer der zwei Gentlemen vielleicht ein Glas Champagner holen? Ich habe riesigen Durst."

David wollte sich gerade bemühen, als Philippe schon aufgestanden war und sagte: „Aber gerne, bin gleich wieder da!"

Juliettes Vater ging ins Haus, um Margo ein Glas Champagner zu holen. In diesem Augenblick schlängelte sich Margo am Beckenrand entlang zur Badeleiter. Langsam und ästhetisch stieg sie aus dem Wasser empor. Sie bewegte sich auf ihren Liegstuhl zu. Das Wasser perlte an ihrem glatten, makellosen Körper herunter.

Ihre wohlgeformten Rundungen drückten sich durch ihren nassen, weißen Badeanzug. Ihre Brüste waren sichtbar geworden und die dunklen Haare ihres Venushügels schimmerten durch den Schritt. Margo strich sich mit ihrer Hand durchs Haar, als sie David einen leidenschaftlichen Blick schenkte.

Sie tupfte sich mit ihrem Badetuch etwas die Schultern ab. Ein Bein stellte sie auf den Liegestuhl. Mit voller Absicht streckte sie David ihren Apfelpo entgegen. Margo ließ sich viel Zeit beim Abtrocknen. Jede ihrer Bewegungen hatte sie vorher auf ihrem Zimmer in Gedanken einstudiert.

Dann legte sie sich auf den Rücken und winkelte ihr linkes Bein an. David saß rechts von ihr auf seinem Stuhl.

„David?", fragte sie mit ihrer lieblichen Stimme.

„Ja, Margo?", fragte David.

„Hättest du vielleicht eine Zigarette für mich, ich habe meine auf dem Zimmer vergessen", sagte sie.

„Natürlich", sagte David und ging zu ihr herüber. Er hielt

Margo sein geöffnetes Zigarettenetui hin und bot ihr eine Zigarette an. Mit ihren schönen Fingern nahm sie sich eine heraus und steckte sie sich in ihren Mund.

Dann sah sie David an und lächelte gelassen mit ihrem Schmollmund.

David gab ihr Feuer. Margo nahm einen tiefen Zug von ihrer Zigarette und blies den Rauch direkt in Davids Gesicht.

„Verbrenn dir nicht deine Finger, David", hörte er eine Stimme von irgendwo her rufen. David sah zum Haus. Es war Minou, die gerufen hatte. Sie stand am offenen Fenster ihres Zimmers und winkte höhnisch. Margo drehte sich um und warf Minou einen Blick zu, wie selbst Medusa ihn nicht besser hätte hinlegen können!

„Hat er schon", rief Margo laut, ohne Minou jedoch anzusehen. David setzte sich wieder auf seinen Stuhl. In diesem Augenblick kam Juliettes Vater mit dem Champagner für Margo zurück.

„Bitte sehr, Margo", sagte er, als er Margo das Glas hinhielt.

„Sie sind süß. Danke!", sagte Margo. Philippe setzte sich auf seinen Stuhl und trank einen Schluck aus seinem Bierglas.

Dann beugte er sich zu David herüber und flüsterte: „Sie ist eine femme fatale!"

David lächelte und nickte zustimmend. Dann flüsterte er Juliettes Vater zu: „Aber zum Glück nicht blond." Beide fingen an zu lachen und prosteten sich zu!

Das war sehr geschickt von David gewesen, denn Juliettes Vater dachte auch schon vorher, dass David eher auf Blondinen stünde. Durch seine Aussage hatte David die Annahme von Juliettes Vater noch unterstrichen. Aber es entsprach natürlich nicht der Wahrheit...

David blickte immer wieder zu Minous Fenster hoch, aber sie war nicht zu sehen.

„Ich gehe mal kurz nachsehen, ob Juliette schon eingeschlafen ist", sagte David plötzlich zu Juliettes Vater.

„Mach das", sagte Philippe und lächelte David zu. David ging ins Haus. Er ging die Marmortreppe hinauf und dann in Richtung Juliettes Zimmer. David öffnete vorsichtig die Tür und ging hinein. Er ging zum Schlafzimmer und lugte durch die Tür. Juliette schlief und sah aus wie ein Engel.

David lächelte und verließ das Zimmer. Er wollte gerade den Flur entlang gehen, als er plötzlich stehen blieb. Soll ich zu ihr gehen, fragte er sich.

Als sich langsam eine Tür öffnete, sollte ihm die Entscheidung abgenommen werden! Durch einen Türspalt lächelte ihm Minou mit einem dermaßen verführerischen Blick zu, dass er sich langsam aber entschlossen auf sie zu bewegte und Minou sofort an sich riss!

Minou umschlang ihn mit einem Bein und drückte ihren gierigen Körper an Davids Lenden. Wild und gleichzeitig zärtlich küsste David sie. David spürte, dass Minous Herz wie verrückt schlug.

„Ich kann nicht lange bleiben", sagte David während er Minou küsste.

„Ich weiß", sagte Minou und schloss die Tür. Minou war nur mit einer Bluse bekleidet. Sie zog sich ihren Slip vom Leib, zog ihre Bluse hoch und sagte: „Schnell, mach schnell, David!" Gierig öffnete sie Davids Hose und packte David im Schritt.

Während David sich seine Hose etwas herunterzog, sank ihr Kopf an seinem Körper herunter. David hob den Kopf und stöhnte. Dann drang er sanft, aber hastig in Minou ein. Für beide war dieser Augenblick voller Glück und Begierde! Nach knapp 2 Minuten trennten sich ihre Körper wieder voneinander, doch David und Minou genossen jeden einzelnen Atemzug miteinander.

David zog sich hastig an. Minou fiel erschöpft auf ihr Bett. Dann beugte er sich über sie und gab ihr einen tiefen und zärtlichen Kuss.

„Ich habe mich so nach dir gesehnt, Minou", sagte David.

Minou streichelte seine Wange und sah ihm tief in die Augen als sie sagte: „Dann lass die Finger von Margo!"

David verließ Minous Zimmer. Er kehrte zu Juliettes Vater zurück.

„Sie schläft tief und fest", sagte David zu Philippe.

„Sie ist sicher sehr müde", sagte Juliettes Vater.

„Ja", sagte David.

„Tja, tut mir Leid, David, aber ich muss geschäftlich noch ein paar Dinge erledigen. Wir sehen uns später", sagte Juliettes Vater und stand auf.

„Bis später", sagte David. Juliettes Vater war kaum aus dem Garten verschwunden, da drehte sich Margo zur Seite und himmelte David an.

„Nun sind wir ja ganz alleine, David", sagte Margo.

„Sieht so aus", sagte David etwas genervt, denn nach dem hemmungslosen, schnellen Sex mit Minou brauchte er jetzt etwas Ruhe zum Durchatmen!

Er zündete sich eine Zigarette an und tat so, als wäre Margo ihm gleichgültig. Sein Kopf sagte ihm dasselbe, aber seine Gefühle sagten etwas ganz anderes...

„Was muss ich tun, damit du mit mir schläfst?", fragte Margo plötzlich, als sie sich mit ihrer Zunge die Lippen anfeuchtete. David antwortete nicht, sondern lächelte nur. Margo lag in einer Position auf dem Liegestuhl, in der sie sich ein bisschen Freizügigkeit durchaus leisten konnte, ohne dass man vom Palais aus gleich alles sehen konnte!

Während ihre rechte Hand ihren Kopf stützte, führte Margo ihre linke langsam zwischen ihre Schenkel. Ihre weiß lackierten Fingernägel waren ein aufregender Kontrast zu ihrer sonnengebräunten Haut. Dann verschwand ihre Hand unter dem Badeanzug und streichelte sanft ihre Venus!

David wurde heiß und er litt an einer bestimmten Stelle unter akutem Platzmangel!

„Du bist ein Luder", fluchte David ihr lächelnd zu. Margo lächelte aber nur und begann jetzt leicht zu stöhnen, während sie ihre Schenkel sanft aneinander scheuerte. Und dann schloss Margo auch noch sinnlich ihre Augen, die sie immer wieder mal

106

öffnete und David flehend in die Augen blickte!

Dieser Anblick wäre für jeden Mann unerträglich! David befand sich in einer katastrophalen Lage. Würde er über Margo herfallen, würde das ohne jeden Zweifel eine sichere Scheidung bedeuten!

Margos sanftes, wimmerndes Stöhnen wurde immer lauter und sie zuckte leicht, als sie zum Höhepunkt kam. Dann öffnete sie ihre Augen und ihren Mund. Sie hechelte erschöpft vor sich hin und sagte: „Ich habe mir vorgestellt, es wären deine Finger gewesen, David! Und sie meinte es ernst. Das wusste David!

Margo stand auf, gab David einen Kuss auf die Wange und sprang in den Swimmingpool. Während sie schwamm, konnte David noch immer die Berührung von Margos prallen Lippen auf seiner Wange spüren.

Am nächsten Morgen brachte Juliette Margo allein zum Flughafen nach Nizza. Dort verabschiedeten sie sich zwar herzlich wie immer, doch irgendetwas hatte sich zwischen ihnen geändert. Und Juliette spürte es!

Am Abend kam David dann gegen 20 Uhr nach Hause, ins Appartement in Cannes. Juliette hatte bereits das Abendessen zubereitet.

„Hallo, Schatz", rief David, als er zur Wohnungstür herein kam.

„Hallo. Ich bin unter der Dusche", rief Juliette aus dem Bad heraus. David ging zur Badezimmertür und öffnete sie. Juliettes nackter Körper glänzte unter dem herausströmenden Wasser. Wie ein Wasserfall lief das Wasser zwischen ihren Brüsten hindurch in ihren Schritt. David öffnete die Tür der gläsernen Duschkabine und streichelte ihre Wange.

„Ich bin gleich fertig", sagte Juliette und lächelte ihm liebevoll zu. David lächelte zurück und ging aus dem Bad heraus. Er ließ sich auf das Sofa fallen und öffnete sein Hemd ein Stück. Sein Tag war anstrengend gewesen. Kurze Zeit später kam Juliette aus dem Bad. Sie war nur mit einem hellblauen Bademantel bekleidet und barfuss.

Ihr blondes Haar schimmerte glänzend im Abendlicht. Juliette ging auf ihn zu und setzte sich neben David. Sie legte ihre Beine auf seinen Schoss, umarmte David und gab ihm einen Kuss.

„Wie war dein Tag?", fragte sie David.

„War okay", antwortete David. „Und deiner?"

„Auch ganz okay", antwortete Juliette.

„Was hast du gemacht?", fragte David.

„Ich habe Margo zum Flughafen gebracht, war einkaufen und noch im Büro", antwortete Juliette. Dann wirkte sie ein wenig geistesabwesend. „Irgendwas war heute anders", sagte Juliette plötzlich.

„Wie, wobei?", fragte David.

„Auf dem Flughafen, als ich mich von Margo verabschiedet habe. Sie war irgendwie kalt mir gegenüber. So kenne ich sie gar nicht, weißt du?", sagte Juliette.

„Vielleicht war sie einfach noch erschöpft von der Hochzeit", sagte David.

Juliette sah David an und sagte: „Vielleicht hast du Recht." David wusste natürlich genau, warum Margo so kalt zu Juliette gewesen war, verriet Juliette aber natürlich nichts. Er fühlte sich aber nicht schlecht dabei. Er verspürte sogar eine Art Bestätigung. Und er verspürte sie, weil er wusste, dass Margo alles für ihn tun würde.

‚Viele Männer, die sich so wie ich auf der kritischen Schwelle zwischen jung und alt befinden, wären glücklich darüber, auch bei anderen Frauen noch immer Eindruck machen zu können', dachte sich David.

Er streifte Juliette zärtlich den Bademantel von ihren Schultern ab und küsste ihr Dekolletee. Dann liebkoste er zärtlich ihre Brüste, die bereits voll erregt waren. David spürte, dass Juliette vor Lust bebte, als sie jetzt auf ihm saß.

„Dreh dich um", sagte David auffordernd. Juliette war zwar etwas erstaunt über seinen dominanten Ton, aber es erregte sie. Juliette stützte sich mit ihren Händen auf die weißen Rückenpolster ihrer Rattancouch.

Dann warf David ihren Bademantel hoch und massierte Juliettes Dreieck von hinten. Juliette bewegte sich in seiner Hand hin und her, vor und zurück. Völlig geistesabwesend wimmerte sie vor sich hin und konnte ihre Bewegungen nicht mehr kontrollieren!

David drang sanft in ihren weichen, bebenden Körper ein. Leidenschaftlich vollzog er seine Bewegungen, während er Juliettes Hals und ihren empfindlichen Haaransatz streichelte. Beide genossen diese Stellung, denn sie konnten beide auf das Meer blicken, wenn sie die Augen öffneten. An das Abendessen dachte in diesem Augenblick keiner von beiden...

Als Juliette ihren *kleinen Tod* starb, war sie so in Ekstase, dass sie nur noch sanft vor sich hin lallte. Schließlich kam auch David und stöhnte dabei laut und leidenschaftlich! Juliette ließ ihren nassgeschwitzten Körper auf die Couch fallen. Sie war unglaublich glücklich!

David legte sich neben sie. Auch er war glücklich. Aber wen er wirklich, oder besser gesagt am meisten liebte, wusste er selbst nicht.

‚Ist es Juliette? Minou? Monique? Oder am Ende sogar Margo?‘, fragte sich David.

Am nächsten Morgen stand David später auf als Juliette. Er ging zum Wohnzimmertisch. Dort stand ein Brief an den Kerzenhalter gelehnt. Er machte ihn auf und dort stand:

Einen schönen Tag, mein Schatz, Frühstück steht in der Küche...

David lächelte. Er ging in die offene Wohnküche. Alles war fertig. Die Kaffeekanne war voll, die Brötchen belegt und abgedeckt! Er lehnte sich an den Tresen der Küche und dachte: ‚Was habe ich doch eigentlich für ein Glück?‘...

Lächelnd nahm er sein Frühstück und setzte sich nach draußen auf den Balkon. Während er aß, sah er auf die Bucht von Cannes. Er liebte Juliette wirklich. Und doch war seine

Begierde größer. Ein Gefühl, das wohl fast jeder Mann kennt.

‚Man hat eigentlich alles und doch will man mehr', dachte sich David.

Aber David brauchte sich selbst schon lange nicht mehr selbst zu belügen. Er kannte sich selbst nur allzu gut. Er wusste, dass er zwar einen messerscharfen Verstand besaß, der jedoch gegen die pure Lust des Augenblicks nichts ausrichten konnte. David war jedoch in der glücklichen Lage, Gefühle und Lust geistig für eine Weile bei Seite schieben zu können und somit vorerst zu verdrängen!

Inzwischen waren fast zwei Monate vergangen.

Eines Abends sagte Juliette zu David: „Wir sind am Freitag bei Monique eingeladen. Sie gibt eine Vernissage mit ihren neuesten Werken."

„Möchtest du hingehen?", fragte David.

„Ja, unbedingt. Komm doch bitte mit, ja?", sagte Juliette.

Es war David zwar eigentlich nicht recht, aber er sagte: „Mach ich, Schatz!"

Als David und Juliette auf der Vernissage eintrafen, waren jede Menge Leute dort. Galeristen, Makler und Künstler tummelten sich in der kleinen Kapelle, die Moniques Vater eigens dafür angemietet hatte.

Als David und Juliette Monique endlich trafen, umarmte Juliette sie und fragte: „Und, wie läuft's?"

Monique lächelte und antwortete: „Bisher nicht schlecht."

Als Juliette Monique wieder losließ, umarmte David Monique schließlich auch und fragte: „Wie geht's dir?"

Monique sah David mit ihren großen blauen Augen an und antwortete leise: „Wie soll's mir schon gehen...?" David wusste diese Antwort sehr wohl zu deuten! Er tat Juliette gegenüber so, als ob nichts wäre. Und doch hatte Moniques Reaktion ihn innerlich bewegt.

Monique hatte ein enges rotes Abendkleid an. David sah, dass ihr Bauch etwas rundlicher war als sonst. Auf Grund von

110

Moniques Antwort vermutete David natürlich sofort das naheliegendste und ging zu Monique.

„Ist es von mir?", flüsterte er Monique fragend ins Ohr.

„Wie meinst du das?", fragte Monique.

„Ist das Baby von mir?", fragte David energisch. Monique lachte kurz und drehte den Kopf zur Seite.

„Es ist weder von dir, noch von einem anderen. Ich habe in letzter Zeit nur etwas zu viel gegessen", sagte Monique. In die Augen gesehen hatte sie David aber nicht... David wusste selbst nicht, ob er ihr glauben und ob er erleichtert sein sollte oder nicht! Über ihre gespielte Gleichgültigkeit ärgerte David sich aber sehr, denn David war kein Mann mit dem man spielen konnte!

David ging zur Bar und bestellte sich einen doppelten Scotch on the Rocks. Als er ihn verschlungen hatte, bestellte er sich noch einen und zündete sich eine Zigarette an. Er sah zu Monique herüber. Fast hatte er sie schon vergessen, dachte er jedenfalls. Jetzt wurde er eines besseren belehrt.

Immer wieder sah er zu ihr herüber. Und er fühlte, dass Moniques gespielte Fassade zu bröckeln begann. Mehr und mehr verwandelten sich Moniques Blicke in Sehnsucht!

Und auch Monique konnte David seine Sehnsucht an den Augen ablesen. Wie zwei Magneten zogen sie sich an, doch zueinander finden durften sie nicht, jedenfalls nicht an diesem Ort.

Dann musste Monique sich weiter um ihre Gäste kümmern. Und David musste aufpassen, dass Juliette keinen Wind von der knisternden Erotik zwischen Monique und ihm bekam. Immer wieder vereinten David und Monique ihre Blicke, den ganzen Abend über!

Gegen 1 Uhr wollte Juliette dann nach Hause. David überlegte erst noch, ob er dort bleiben sollte.

‚Aber das wäre viel zu auffällig', dachte er. Juliette hatte sich bereits von Monique verabschiedet. Jetzt stand es noch David bevor!

Er gab ihr nur einen kleinen Kuss auf die Wange. Monique hatte Verständnis und doch wahr sie jetzt sehr unglücklich! Auch David hatte es viel Kraft gekostet, es bei diesem kleinen Freundschaftskuss zu belassen.

David und Juliette fuhren nach Hause.

Monique wurde währenddessen von Vivian getröstet, denn Monique weinte sich fast die Augen aus dem Kopf! Vivian konnte Monique überhaupt nicht beruhigen, so dass Monique fast einen Nervenzusammenbruch erlitt! Monique lag auf dem kalten Fußboden der Kapelle und konnte kaum noch atmen vor Aufregung.

Warum sie plötzlich anfing so bitterlich zu weinen verriet sie Vivian jedoch nicht...

David und Juliette waren bereits im Bett, als das Telefon klingelte.

„Wer kann das sein, um diese Zeit?", fragte David.

„Keine Ahnung", antwortete Juliette, setzte sich auf und sah David fragend an. Juliette nahm den Hörer des Telefons ab, das links neben ihr auf dem Nachtisch stand und sagte: „Hallo."

„Hallo, Juliette. Ich bin's, Vivian."

„Vivian, was ist mit dir?", fragte Juliette, die schon an ihrer Stimme merkte, dass etwas nicht in Ordnung war.

„Mit mir ist gar nichts. Es geht um Monique. Als ihr vorhin weggefahren seid, war ich noch einen Augenblick mit Monique dort geblieben. Und ganz plötzlich fing sie aus heiterem Himmel an zu weinen, ganz furchtbar sogar! Sie hatte fast einen Nervenzusammenbruch", sagte Vivian völlig aufgelöst.

„Oh Gott, aber warum denn?", fragte Juliette.

„Ich habe sie zig mal gefragt, aber sie wollte mir keine Antwort geben. Sie sagte, sie kann es mir einfach nicht sagen", erzählte Vivian.

„Ich dachte, du wüsstest es vielleicht, Juliette", sagte Vivian.

„Nein, ich habe wirklich keinen Schimmer, Vivian. Aber es

112

wundert mich, denn wir drei konnten doch sonst immer über alles reden", sagte Juliette und wühlte sich nervös in ihren Haaren herum.

„Hat sie sich denn inzwischen wieder beruhigt?", fragte Juliette besorgt.

„Ja, wir sind jetzt bei ihr zu Hause. Sie schläft seit einigen Minuten. Ich bleibe heute Nacht bei ihr", antwortete Vivian. Juliette und Vivian telefonierten noch eine ganze Weile miteinander.

Da David genau neben Juliette lag, konnte er das meiste mithören. David drehte sich von Juliette weg zur Seite. Das was er mitgehört hatte, traf ihn mitten ins Herz! Aber er wollte nicht weiter nachfragen. David hatte große Mühe, sich seine Tränen zu verkneifen und war innerlich völlig aufgelöst.

Erst am nächsten Morgen erzählte Juliette ihm alles, denn David hatte Nachts während des Telefonats so getan, als ob er schlafen würde. Er zeigte sich bestürzt, als er von Moniques Problemen erfuhr. Wie sehr er in Wirklichkeit bestürzt war, konnte Juliette nicht ahnen.

David und Juliette gingen nach dem Frühstück zur Arbeit. Immer wieder musste er an Monique denken. Erwartete sie wirklich ein Baby? Von ihm? Warum ist sie fast zusammengebrochen, fragte David sich immer und immer wieder!

Wie gern hätte er sie angerufen, um wenigstens zu erfahren wie es ihr ging. Aber wen sollte er nach der Telefonnummer fragen, ohne dass jemand skeptisch würde, warum er danach fragt.

Am Abend nach der Arbeit fuhr David dann ins Appartement. Er ging zum Telefonnotizbuch. Er blätterte es auf und fand zwei Telefonnummern von Monique, eine normale und eine Mobilnummer.

David nahm einen kleinen Zettel und schrieb Monsieur Parnasse, Verlobungsempfang und zwei Telefonnummern drauf. Es waren Moniques Telefonnummern, jedoch rückwärts geschrieben!

Er steckte den Zettel in sein Portemonnaie. David traute es Juliette zwar nicht zu, doch sollte sie tatsächlich einmal schnüffeln, so würde sie diesen Zettel für geschäftlich halten. Ein kleiner Trick, der sich schon oft bewährt hatte!

David hatte das Telefonnotizbuch gerade wieder an seinen Platz zurück gelegt, da ging auch schon die Wohnungstür auf. ‚Puuh‘, dachte David, ‚das war knapp!‘

„Juliette“, sagte er, als er sie sah.

„Hallo, mein Liebling, schon da?“, fragte Juliette.

„Seit zwei Minuten“, antwortete David und ging auf sie zu. Juliette legte ihre Aktentasche hin und fiel David um den Hals. David küsste sie. „Schön, dass du schon da bist“, sagte David. „Gehen wir nachher essen?“

„Tut mir Leid, Schatz. Ich hole nachher Vivian ab. Wir fahren zu Monique, um sie ein wenig aufzuheitern. Komm doch mit!“, sagte Juliette.

„Nein danke. Sonst gern, aber in dieser Situation solltet ihr drei Freundinnen lieber unter euch sein“, antwortete David und lächelte.

„Ja, wahrscheinlich hast du Recht“, sagte Juliette und zog sich die Pumps aus.

„Wann fährst du los?“, fragte David.

Juliette sah auf ihre Uhr und sagte: „Um 18.30 Uhr.“

Das war in 20 Minuten. Und diese Zeit nutzte Juliette um sich frisch zu machen. Für etwas anderes blieb keine Zeit!

Es war das erste Mal, dass David nicht traurig war, Juliette nicht kurz unter der Dusche besuchen zu dürfen, denn in Gedanken war er ganz woanders. Wo genau wusste er selbst nicht!

Margo hatte er vorerst gedanklich bei Seite geschoben. Minou und Monique jedoch, veranstalteten in Davids Kopf ein wahres Tauziehen der Gefühle. David fühlte sich wie eingeklemmt. Nur Juliette schaffte es ab und zu, ihn aus dieser Schlinge zu befreien.

114

Juliette verließ gegen 18.30 Uhr die Wohnung. Zuvor hatte sie David noch gefragt was er wohl heute Abend machen würde. Er wusste es nicht und das sagte er ihr auch. Kaum war Juliette fort, da fiel ihm schon fast die Decke auf den Kopf.

David beschloss spontan Ron anzurufen und sie verabredeten sich. Sie wollten sich in etwa einer Stunde im *Martinique* treffen. Ron freute sich, denn er hatte auf der Hochzeit kaum Gelegenheit gehabt, mit David zu sprechen.

Das *Martinique* war ein Szenelokal in Cannes. Nur durch den Strand vom Meer getrennt, lag es direkt an der Promenade. David und Ron waren schon oft dort gewesen.

Gegen 20 Uhr parkte David sein rotes Cabriolet auf dem Parkplatz des Lokals und stieg aus. David trug an diesem Abend eine blaue Jeans, ein weißes Hemd und hatte einen schwarzen Pullover über seinen Schultern hängen. Er sah wirklich adrett aus. David ging schon mal ins *Martinique* vor, um dort auf Ron zu warten. Er war sich ziemlich sicher, dass Ron noch nicht da war, denn er kam fast immer zu spät!

David setzte sich an eine der Bars. Von dort aus konnte man aufs Meer blicken und gleichzeitig das tropische Flair des Lokals genießen. David bestellte sich ein kühles Bier.

„Danke", sagte David zu der netten und auch hübschen Bedienung, als sie ihm das Glas hinstellte. Er nahm einen Schluck und wollte sich gerade eine Zigarette anzünden, als er bemerkte, wie sich von rechts ein Feuerzeug näherte und jemand sagte: „Bitte sehr!"

David drehte seinen Kopf nach rechts und sagte: „Danke!"

Es war eine Frau, die er noch nie zuvor gesehen hatte. Das Kerzenlicht der Bar schimmerte in ihren grünbraunen Augen. Sie hatte mittelblonde, lange Haare mit Naturlocken. Ihr ebenes und doch markantes Gesicht trug scharfe Züge. Ihr Mund war sinnlich und schmal, mit einem dunkelroten Lippenstift verziert. Sie trug ein enges weißes Kleid mit Neckholder und tief ausgeschnittenem Rücken. Eine Frau mit Klasse...

‚Was für Augen sie hat', dachte David und sah sie wie gebannt an. Ihre Augen wirkten traurig und leuchtend zugleich und hatten eine willensstarke Ausstrahlung.

„Trinken Sie nur Bier?", fragte die Frau und lächelte ihn an.

David lächelte auch und antwortete: „Nein, natürlich nicht."

„Was macht ein Mann wie Sie allein an einer Bar?", fragte die geheimnisvolle Schönheit.

„Ich warte auf einen Freund von mir", sagte David.

Die Frau setzte sich auf den Barhocker rechts neben David und fragte: „Trinken Sie mit mir ein Glas Rotwein, bis er da ist?"

David wollte nicht gleich Ja sagen – so wie es eben seine Art ist – und antwortete: „Es kommt auf den Wein an", und lächelte charmant.

„Eine gute Antwort", gestand die Frau ihm zu. Sie sah zur Bardame herüber und sagte: „Zwei Gläser Côte du Rhône bitte."

„Wie ist Ihr Name?", fragte die Frau höflich.

„David", antwortete er. „Darf ich auch erfahren wie Sie heißen?", fragte er neugierig.

Sie sah ihn an während sie an ihrer Zigarette zog und sagte: „Cynthia."

„Ihr Name gefällt mir, Cynthia", sagte David, denn er war froh, dass er nicht mit einem M anfing! In diesem Moment brachte die Bardame den Wein und himmelte David an.

„Danke", sagte Cynthia und sah die Bardame verächtlich an. „Sie sind ein Frauentyp, nicht wahr David?", fragte Cynthia.

„Das ist Ansichtssache", antwortete David smart.

Cynthia musterte David mit ihren Blicken und sagte: „Stimmt." David war begeistert von Cynthias charmanter Raffinesse.

„Sollten wir nicht anstoßen?", fragte David. Cynthia schob ihren Hocker etwas dichter an David heran. Sie zupfte sich kurz ihr Kleid zurecht. David betrachtete dabei ihre Schenkel, die wunderschön waren.

„Ja, sollten wir David. Also, worauf stoßen wir an?", fragte Cynthia und fraß David mit glühendem Blick auf. Cynthia

116

blickte auf Davids Ehering und sah ihm dann in die Augen. „Trinken wir auf die Treue", sagte sie und erhob ihr Glas. David und Cynthia stießen an.

,Was treibt sie für ein Spiel? Warum auf die Treue?', fragte sich David. Er nahm noch einen kräftigen Schluck aus dem Glas und beschloss, sie ein wenig zappeln zu lassen!

Er stand auf und sagte: „Vielen Dank für die Einladung. Es war nett, Sie kennen zu lernen." Er lächelte Cynthia noch kurz zu und ging zielstrebig zur kleinen Tanzfläche.

Eigentlich ging David nur, weil er wusste, dass er dieser Frau nicht entkommen konnte. Cynthia jedoch dachte, dass sie etwas Falsches gesagt hätte und biss nervös auf ihren dunkelroten Fingernägeln herum.

Cynthia legte es eigentlich gar nicht darauf an, an diesem Abend mit irgendeinem Mann etwas anzufangen, doch es war zu spät!

Gerade wollte David eine smarte Brünette von ihrem einfältigen Tanzpartner erlösen um sich abzulenken, als Cynthia Davids linken Arm ergriff.

David drehte sich um: „Ja, was ist?", fragte er. Cynthia strich sich durchs Haar und sah ihm so tief und erwartungsvoll in die Augen, als wollte sie ihm einen Heiratsantrag machen.

„Komm bitte zurück", sagte sie mit fast flehender Stimme! David blieb für einen Moment fast regungslos stehen. Noch nie hatte eine Frau ihm ihr ganzes Ich mit drei Worten zu Füssen gelegt. Er war tief berührt.

David drehte sich zu der Brünetten um und sagte: „Vielleicht später." Enttäuscht tanzte sie dann mit dem anderen Mann weiter. David und Cynthia kehrten zur Bar zurück und setzten sich wieder hin.

„David, ich..", wollte Cynthia gerade zu David sagen, als David ihr ins Wort fiel und sagte: „Du musst nichts sagen, Cynthia."

„Doch, das will ich aber, David. Hör zu, ich bin verheiratet, genau wie du, aber unglücklich. Ich kann meinen Mann nicht mehr sehen, nicht mehr riechen", sagte Cynthia mit einem angewiderten Unterton.

David nickte und sagte: „Ich verstehe." Und er verstand wirklich. David war nicht nur ein guter Zuhörer, sondern wirklich ein Versteher. Das, was Frauen ihm anvertrauten, nahm er sehr ernst!

Cynthia senkte ihren Blick, drehte ihren Kopf zu David und sagte: „Ich werde mich von ihm scheiden lassen", und zündete sich aufgeregt eine Zigarette an.

„Und du bist hier, um zu vergessen, nicht wahr?", fragte David.

Sie trank einen Schluck Wein und antwortete: „Ja, David. Bist du glücklich verheiratet?", fragte sie.

„Ja", antwortete David. Das war ja auch nicht gelogen, denn er liebte Juliette ja wirklich.

„Das ist schön. Du kannst dich glücklich schätzen", sagte Cynthia und lächelte verschmitzt.

„Wie alt bist du?", fragte David.

„38", antwortete Cynthia.

„Dann kannst du noch mal ganz von Vorne anfangen", sagte David. Gerade wollte Cynthia David nach seinem Alter fragen, als Ron zu ihnen kam.

„David", sagte Ron.

„Hallo, Ron", sagte David und umarmte ihn.

Dann sah Ron die Frau neben David und sagte: „Oh, guten Abend Madame Vaillante."

„Guten Abend, Ron", sagte Cynthia erfreut.

„Ihr kennt euch?", fragte David erstaunt.

„Ja, mein Vater und Monsieur Vaillante machen des öfteren zusammen Geschäfte, gute Geschäfte", antwortete Ron. Er lächelte David zu und sagte: „Ich gehe nachsehen, wer alles hier ist. Grüßen Sie Ihren Mann bitte von mir, Madame Vaillante. Einen schönen Abend noch", sagte Ron zu Cynthia.

Er ging erst mal weiter, denn erstens wollte er David nicht stören und zweitens wollte er Cynthia bei ihrer Unterhaltung nicht im Wege stehen, dafür war sie eine zu wichtige Geschäftspartnerin seines Vaters.

David war erstaunt. Noch nie hatte er Ron in einem so höflichen, unterwürfigen Ton sprechen hören. David wollte aber nicht weiter nachfragen, denn es war ihm gleichgültig, ob Cynthia einflussreich war oder nicht! Es gefiel Cynthia, dass David nicht danach fragte, was das für Geschäfte mit Rons Vater waren. Sie mochte keine neugierigen Männer.

„Kennst du Ron schon lange?", fragte Cynthia.

„Eine Ewigkeit", antwortete David. „Was denkst du, wollen wir noch einmal anstoßen?", fragte er.

„Gern", antwortete Cynthia. „Worauf?"

„Auf den Moment", sagte David und sah Cynthia dabei so tief in die Augen, dass ihr fast der Atem stockte. Sie war nicht in der Lage zu antworten, sondern erhob einfach nur ihr Glas und berührte sanft das seine. Sie wusste, dass dies eine ganz besondere, außergewöhnliche Begegnung war!

Als beide an ihrem Glas nippten und sich ansahen, kam es Cynthia vor, als würden David und sie sich schon viel länger kennen, so vertraut war die Atmosphäre zwischen ihnen. Cynthia nahm ihre Hand auf den Tresen und legte sie auf Davids.

„Hör zu, David. Ich habe genug von Intrigen, Gier und kurzen Affären. Ich will leben, endlich richtig leben, verstehst du, was ich meine?", fragte Cynthia.

David ließ Cynthias Worte einen kleinen Moment sacken. Dann sah er ihr tief in die Augen und sagte: „Niemand versteht dich besser als ich!"

Cynthia begann übers ganze Gesicht zu strahlen. Eine kleine Träne rollte ihr dabei über die Wange.

„Als ich dich sah, wusste ich, dass du mich verstehen würdest, David. Ich wusste es", sagte Cynthia. Beiden wurde klar, dass zwischen ihnen eine Seelenverbundenheit herrschte! Ohne nachzudenken folgte David nur seinem Gefühl, als er seine Lippen zu den ihren führte. Sie sahen sich dabei tief in die Augen.

Dann küsste er sie zärtlich. Wie eine Explosion durchzuckten die Gefühle ihre hilflosen Körper als sich ihre Lippen berührten! Ihre Hände verkrallten sich dermaßen ineinander, dass Cynthias Hände anfingen zu schmerzen. Doch es war ein lustvoller Schmerz, dem sie erlag.

Dieser Kuss, diese Leidenschaft, ließ alle Gäste, die die beiden beobachteten, still stehen. Sie hörten keine Musik mehr, sie sahen einfach zu und genossen den Anblick eines so anmutigen Kusses, wie er den meisten von den Gästen bisher nicht geschenkt worden war...

Es ging nicht um David, es ging auch nicht um Cynthia. Die Begierde, die man verspürte, einfach auszuleben und jedes Risiko einzugehen, vielleicht sogar um jeden Preis – das war es, was die Gäste des *Martinique* so faszinierte!

Denn nicht nur Cynthia, sondern vor allem ihr Mann war eine wichtige, schillernde Persönlichkeit in Cannes!

Unter den Beobachtern war niemand, der ein negatives Wort sagte oder gar lästerte. Denn zu viele von Ihnen sahen in diesem Augenblick das Spiegelbild ihrer Phantasie real vor sich...

David und Cynthia wussten genau, dass dieser öffentliche Gefühlsausbruch sie Kopf und Kragen kosten würde, aber es war ihnen gleichgültig!

David nahm Cynthia bei der Hand und ging mit ihr durch die offene Tür zum Strand. Die Leute drehten sich um und schauten ihnen hinterher. Sie mussten nur noch über eine Holzterrasse gehen, um an den Strand zu gelangen. Sie blieben kurz auf der Terrasse stehen und blickten auf das Meer. Ein leichter Wind wehte ihnen ins Haar und das Rauschen des Wassers drang an ihre Ohren. Cynthia stand rechts neben David.

Sie wandte ihren Kopf zu ihm und sah ihn mit leicht geöffnetem Mund an und fragte mit besorgter Stimme: „David, weißt du, was du tust?"

„Noch nie war ich mir so bewusst darüber, was ich will", antwortete David und streichelte ihr über die Wange. Sie lächelte.

„Dann komm", sagte sie und ging mit David hinunter zum

120

Strand. Cynthia ließ seine Hand los und zog ihre Schuhe aus. Auch David zog jetzt seine Schuhe aus und krempelte seine Jeans etwas hoch. Dann gingen sie barfuss durch die leichte Brandung des Meeres. David blieb stehen und umarmte Cynthia. Zärtlich küssten sie sich, während sie inzwischen nass bis zu den Knien waren.

Schließlich gingen sie weiter. Während das Wasser ihre Füße umspülte, konnten sie die hell beleuchtete Kulisse von Cannes in der Abenddämmerung bewundern. Sie kamen zu einem kleinen Fischrestaurant, das wegen Urlaubs geschlossen hatte.

„Setzen wir uns", schlug David vor und Cynthia nickte lächelnd. Sie gingen einige Holzstufen der von Schilfmatten umzäunten Terrasse hoch und setzten sich hin. Der warme Wind umwehte sie. Wie gebannt starrte Cynthia auf die dunklen Wellen des Meeres. David nahm Cynthia in den Arm und blickte auch auf das Meer.

„Sag mir, was wünscht du dir in diesem Moment am meisten?", fragte er Cynthia.

Cynthia sah David an. Sie sah ihm eine halbe Ewigkeit in die Augen und sagte: „Willst du es wirklich wissen?"

„Würde ich sonst fragen?", fragte David.

Sie senkte ihren Blick auf die Treppenstufen. Dann dreht sie ihren Kopf zu ihm hin und sagte: „Verlass mich niemals, hörst du!" Sie nahm sein Gesicht zwischen ihre zarten Hände und sagte: „Ich weiß, wir kennen uns kaum, aber in meinen Träumen kenne ich dich schon ewig, David. Du bist der Mann, den ich immer wollte und immer gesucht habe."

Als Cynthia ihm tief in die Augen sah, war David wie erstarrt! Er fühlte sich, als wäre er hypnotisiert worden. David führte seine Lippen zu den ihren.

Ganz sanft berührten sich ihre Münder. Verliebt blickten sie sich dabei sehnsüchtig in die Augen. Cynthias Lippen waren wie aus Seide. Als Davids Hand durch ihr Haar strich, wollte er es nie wieder loslassen. David hatte mit Cynthia einen Punkt erreicht, den viele Männer nicht kennen und vielleicht auch nie kennen lernen würden. Er fand wahre Leidenschaft, in absoluter

Vollendung!

Wieder küssten sie sich. Cynthias Tränen rannen zwischen die Lippen der beiden. Beide waren in diesem Augenblick glücklich wie nie zuvor!

„Ich verlange nicht von dir, dass du dich von deiner Frau trennst. Das kann ich auch gar nicht. Ich will dich nur nicht verlieren, David!", sagte Cynthia.

„Das wirst du auch nicht", sagte David.

„Komm, wir fahren schnell zu mir", sagte Cynthia.

„Und dein Mann?", fragte David.

„Ich habe ein eigenes Appartement", sagte Cynthia. „Und ob er auf mich wartet, ist mir völlig egal. Komm jetzt", sagte sie und nahm David bei der Hand. Sie gingen Hand in Hand am Strand entlang. Einige Minuten später gingen sie am *Martinique* vorbei, um zum Parkplatz zu gelangen.

Wieder wurden beide von Gästen beobachtet, die auf der Holzterrasse standen. Plötzlich blieb Cynthia stehen und küsste David wie wild. Sie wollte zeigen, was sie hatte! Dann lächelte sie David zu und sie gingen weiter.

„Ich fahre, ich kenne den Weg ja besser", sagte Cynthia.

„In Ordnung", sagte David. Nach ein paar Schritten kamen sie schließlich zu ihrem Auto. Es war ein ziemlich neues, dunkelblaues Porsche Cabriolet mit cremefarbener Innenausstattung. Sie stiegen ein, nachdem sie sich ihre Schuhe angezogen hatten und rasten los.

Cynthia sah zu David herüber, der auf dem Beifahrersitz saß und sagte: „Jetzt ist es zu spät, um zu fliehen", und sah ihm charmant in die Augen.

„Ich weiß, ich denke auch gar nicht daran", sagte David.

„Du wirst es nicht bereuen, mein Liebling", sagte Cynthia.

„Das werden wir ja sehen", sagte David mit frechem Unterton. „Wo liegt dein Appartement?", fragte er.

„Im Exelsior", antwortete Cynthia.

„Das ist ein schönes Hotel", sagte David.

„Ja", sagte Cynthia und lächelte David an. David war schon ziemlich ungeduldig, denn in ihm schlummerte die Lust wie ein

Vulkan.

Er lehnte sich zu ihr herüber und legte seine rechte Hand auf Cynthias Oberschenkel.

„David, nicht so ungeduldig", sagte Cynthia mit ironischer Stimme. Er glitt mit seiner Hand unter ihr weißes Kleid, bis er ihren Slip fühlen konnte. Er war aus weicher Seide mit etwas Spitze verziert. Cynthia begann ein bisschen zu stöhnen.

Er wollte gerade anfangen, ihre Venus zu massieren, als sie sagte: „David. Wir sind in einer Minute da!"

„Na, schön", sagte David und lächelte. Dann hielten sie vorm Exelsior, ein Page kam zu Cynthias Tür und einer zu Davids.

„Guten Abend, Madame Vaillante", sagte einer der Pagen.

„Guten Abend, Monsieur", sagte der andere. David und Cynthia schritten die hell erleuchtete Treppe hinauf zum Eingang. Währendessen wurde der Porsche weggefahren.

Sie gingen in die riesige, elegante Eingangshalle. Als sie Arm in Arm an der Rezeption vorbeigingen, sagte eine junge Frau: „Einen wunderschönen guten Abend, Madame Vaillante."

Cynthia nickte ihr mit einem falschen Lächeln zu und ging einfach weiter. „Blöde Kuh", sagte Cynthia plötzlich.

„Magst du sie nicht?", fragte David.

„Ich kann sie nicht ausstehen!", antwortete Cynthia mit ernster Stimme, „aber sie ist gut und zuverlässig. Sonst hätte ich sie auch schon längst gefeuert."

„Gehört dieses Hotel etwa dir?", fragte David.

„Ja, mein Liebling", sagte sie bescheiden und lächelte David zu. Sie gingen zu einem der vielen gläsernen Fahrstühle und ein Page öffnete die Tür.

„Guten Abend, Madame Vaillante", sagte der Page.

„Guten Abend, Paco", sagte Cynthia freundlich. Cynthia steckte einen Schlüssel in die Schalttafel, drehte ihn um und drückte einen Knopf. Sie gab einen Zahlencode ein. Dann zog sie den Schlüssel wieder heraus und der Fahrstuhl fuhr nach oben – ohne Paco.

Ein paar Sekunden später blieb der Fahrstuhl stehen und die

Tür öffnete sich. Als sie ausstiegen standen sie direkt in Cynthias riesiger Suite. David kam noch nicht einmal dazu, sich umzusehen, da hatte er schon Cynthias schmale, zarte Lippen auf dem Mund und ihre Hand im Schritt!

Sie ließ von ihm ab und fragte: „Hast du Lust auf Champagner?"

„Und wie", sagte David.

„Geh schon mal ins Schlafzimmer, ich hole ihn", sagte Cynthia und zog beim Gehen ihre Pumps aus. David sah sich kurz um. Dann sah er weit entfernt eine große Flügeltür mit einem Bett und ging hin.

Als er das Schlafzimmer betrat, staunte er nicht schlecht. Dort stand ein riesiges Gitterbett mit einem Baldachin darüber. Der Teppich war schneeweiß und mit römischen Ornamenten umrandet. Das Zimmer hatte 4 riesige Fenster, einen riesigen Schminktisch, eine weiße Ledercouch und überall waren Lautsprecher verteilt.

Wunderschöne Palmen und Orangenbäume sorgten für eine Stimmung wie im Paradies. Die Decke war mit gewölbten Leinenstoffen abgehangen.

‚Das Schlafzimmer muss mindestens 120 Quadratmeter groß sein', dachte sich David. Er ging zum Fenster und blickte auf die Bucht von Cannes.

„Gefällt dir mein Schlafzimmer?", fragte Cynthia, als sie die Gläser und die Flasche Dom Perignon auf den kleinen Tisch neben der Couch stellte.

„Ja, sehr. Du hast einen sehr guten Geschmack."

„Findest du wirklich?", fragte Cynthia.

„Ja, wirklich", sagte David.

„Du bist übrigens der erste Mann, der bisher einen Fuß in dieses Appartement setzen durfte, abgesehen von dem Personal natürlich", sagte Cynthia und lächelte.

David setzte sich neben sie und fragte: „Ist das dein Ernst?"

„Ja", antwortete Cynthia und schenkte den Champagner ein.

„Und dein Mann, war er noch nie hier?", fragte David.

Cynthia schüttelte lächelnd den Kopf. „Erstens hat er nur

124

seine Geschäfte im Kopf und zweitens hätte ich es ihm sowieso nicht erlaubt!", antwortete Cynthia.

„Dann fühle ich mich sehr geehrt, Madame", sagte David mit ironischem Unterton und lächelte ihr zu.

Cynthia gab ihm einen Schubs und sagte lächelnd: „Nur nicht frech werden, mein Liebling, sonst lasse ich dich rauswerfen."

David erhob sein Glas und stieß mit Cynthia an. Dann stellte er sein Glas ab. Er rückte ein Stück zu Cynthia hin und sah sie an.

„Dann musst du mich jetzt rauswerfen lassen, sonst wirst du mich nie wieder los", sagte er lächelnd.

Blitzschnell warf Cynthia sich auf ihn und sagte: „Bin ich verrückt? So einen wie dich kriege ich doch nie wieder vor die Flinte."

David fing an zu lachen und warf sie sanft zur Seite. Beide hechelten ein bisschen von der kleinen Liebesrangelei und David sagte lächelnd: „So einen wie mich? Na warte!"

David war über Cynthia gebeugt und sah ihr so verliebt in die Augen, wie noch keiner anderen Frau zuvor. Langsam senkte er seinen Kopf zu ihr herunter. Beide atmeten schwer und ihre Körper glühten vor Leidenschaft und tiefster Begierde.

Cynthias Augen waren weit geöffnet und starrten Davids Augen erwartungsvoll an. David sah, wie ihre Lippen feucht wurden. Er spürte ihre Brüste an seinem Körper, ihre Venus, die sie sanft an ihm rieb. Sie küssten sich tief und innig. Cynthia trank förmlich von Davids Lippen.

„Lass mich bitte nach oben", hauchte sie ihm zu. David stand auf. Er legte sich auf die weiße Couch und wartete, dass Cynthia sich auf ihn setzte. Sie gab David einen Schluck aus ihrem Champagnerglas. Dann trank sie den Rest aus.

‚Oh Gott, ist sie schön', dachte David, als Cynthia nun auf seinen Knien hockte. Ihr Haar war etwas feucht und ihr Gesicht war leicht rot vor Erregung. Ihre Brüste waren nicht groß, aber perfekt, denn sie passten phantastisch zu ihren schmalen Schultern und ihrem flachen Bauch, der mit kleinen goldenen

Haaren besetzt war. Ihr Körper glänzte. David war voller Anbetung für sie...

Dann führte sie ihren Mund zu Davids Lippen und sagte: „Mach mich glücklich, David!" Zärtlich setzte sie sich auf ihn. Ihre Hände legte sie auf Davids Brust. Cynthia bewegte sich so vorsichtig, als hätte sie einen Diamanten zu behüten. Noch nie hatte David eine Frau in dieser Stellung so intensiv gespürt. Er merkte, dass Cynthia einen großen Nachholbedarf hatte, nicht etwa an Sex, sondern an Zärtlichkeit!

Er stellte sich auf Cynthia ein und überließ ganz und gar ihr die Initiative. Sie bewegte sich sanft und hingebungsvoll auf ihm. Die Augen hatte sie geschlossen, den Mund weit geöffnet, als sie hechelte: „Ich bin so glücklich, David, so glücklich...!"

Auch David war glücklich. In diesem zärtlichen Moment verstand er, dass eine Frau, die es verstand wahre Leidenschaft zu geben, mehr wert war als viele die nicht wissen, was wirkliche Leidenschaft ist. Er genoss jede ihrer Bewegungen als wäre es sein letztes Mal.

Dann beugte sie sich zu ihm herunter und küsste ihn, viel wilder als noch vor wenigen Augenblicken. David spürte, dass diese Nacht auch für Cynthia etwas besonderes war. Cynthia küsste David, fraß ihn fast auf. Die Bewegungen ihres Beckens schlugen um in unkontrollierte, wilde Bewegungen. Cynthia spürte, wie ihr das süße Brennen multipler Orgasmen langsam von den Lenden bis in ihren Hals hochzog und stöhnte laut, obwohl sie gleichzeitig mit ihrem blutroten Gesicht lächelte.

David stützte jetzt ihre Taille, um Cynthia in den richtigen Takt zurück zu führen. Dann presste Cynthia ihr Becken fest gegen David und stöhnte laut, schrie sogar hemmungslos vor Lust. Dann öffnete sie wie in Trance ihre Augen und küsste Davids Mund.

„David, noch nie hatte ich einen solchen Orgasmus! Ich kann's gar nicht glauben. Du machst mich so glücklich", sagte Cynthia. Sie bewegte ihren Schoß weiter und seufzte: „Ich möchte, dass du in mir kommst, bitte."

„Das will ich auch", stöhnte David. Sie bewegte sich jetzt

126

schneller und ritt ihn wie wild. David war wie im Wahn. Cynthia ritt ihm fast die Seele aus dem Leib.

Dann wurde er erlöst. David stöhnte laut und unbändig, als er zum Höhepunkt kam, und er stöhnte und stöhnte...

„Ich dachte, ich würde sterben", sagte David zu Cynthia.

Sie lag auf ihm und sagte: „Ich schau mal nach, ob du noch lebst." Dann wanderte ihre Zunge von seiner Brust herab bis in seinen Schritt. Sie liebkoste sein bestes Stück. David war gar nicht mehr ansprechbar.

Da kam sie seinem Gesicht wieder näher und sagte: „Du lebst noch, mein Liebling", während sie David anhimmelte. Dann küssten sie sich liebevoll. Für beide war es das innigste Erlebnis, das sie je gehabt hatten! Sie ließ sich auf David fallen.

Ihre Körper klebten aneinander und David spürte, dass sich etwas in ihm verändert hatte. Nicht wie sonst, dachte er danach noch an andere Frauen, die er begehrte. Nein, er war nur bei Cynthia und fühlte sich tief zu ihr hingezogen. Er spürte keinerlei Reue, sondern nur die tiefe Verbundenheit, die zwischen ihnen herrschte.

Er hatte das Gefühl, völlig frei zu sein und einen rohen Diamanten, der Ewigkeiten in einem Felsen versteckt gewesen war, entdeckt zu haben. Es war absolute, bedingungslose Liebe...

Der Mond schien durch das Fenster, als David nachts im Bett aufwachte. Er sah Cynthia an. Die Facetten ihres nackten, glücklichen Körpers waren unter ihrer dünnen, weißen Decke sichtbar. Das Mondlicht beleuchtete ihr wunderschönes, markantes Gesicht. Ihre schmalen, graziösen Schultern waren frei und er zog ihr die Decke weiter hoch. Wie gerne hätte er Cynthia geweckt, um ihr seine Liebe zu gestehen, doch sie sah so reif und unschuldig aus, dass er sie nicht wecken wollte.

Also legte er seine Hand nur sanft auf ihre Taille und ließ sie schlafen. Er dachte auch nicht an den nächsten Tag, der zweifelsohne einen bitteren Nachgeschmack haben würde. Er hatte keine Angst vor dem Aufwachen am Morgen danach.

David war einfach nur unsagbar glücklich und genoss die Nähe und die Wärme von Cynthia...

Dann schlief auch er ein. Morgens wurde David dann von einem zärtlichen Kuss geweckt.

David streckte sich und sagte: „Guten Morgen, mein Engel!" Sie zogen sich die Decke über den Kopf und streichelten sich.

„Hast du Hunger?", fragte Cynthia.

„Ja, auf dich", sagte David und küsste ihren nackten Körper.

Er legte seinen Kopf auf ihren Venushügel und küsste ihn zärtlich. Cynthia streckte ihren Kopf unter der Decke hervor und stöhnte leidenschaftlich.

„Du bist ein schlimmer Finger", sagte sie voller Wollust. David wurde immer zärtlicher und Cynthia ließ ihr Becken kreisen. Sie stöhnte laut und hingebungsvoll und presste Davids Kopf fest zwischen ihre Schenkel als sie kam.

Sie zog die Decke weg und sagte: „Küss mich, David." Er bekam einen sehr schönen Kuss zur Belohnung.

„Jetzt habe ich wirklich Hunger", sagte David und lächelte Cynthia zu.

Cynthia drehte sich zur Seite und nahm das Telefon in die Hand. „Zweimal Frühstück, so wie ich es immer nehme, ja?" Dann stand Cynthia auf und ging nackt aus dem Zimmer und sagte: „Bin gleich wieder da." Eine Minute später kam sie in einem cremefarbenen Seidenmantel wieder. „Soll ich dir auch einen bringen lassen?", fragte sie David.

„Nicht nötig", sagte David und zog sich seine Boxershorts und sein Hemd an. David und Cynthia setzten sich an einen großen Esstisch im Wohnzimmer. Er stand vor einem großen Fenster und es waren lauter frische Blumen darauf. Es klingelte und Cynthia stand auf und ging zum Fahrstuhl.

Sie drückte auf den Öffner und ein Zimmermädchen rollte den Wagen mit dem opulenten Frühstück darauf zwei Meter in das Zimmer.

„Danke", sagte Cynthia und nahm ihr den Rollwagen ab. Sie schob ihn zum Esstisch und begann, das Frühstück aufzudecken.

128

„Ich helfe dir", sagte David.

„Brauchst du nicht, Liebling, ich freu mich, wenn ich auch mal für andere etwas tun kann." Dann setzte sie sich hin. David goss Cynthia und sich frischen Kaffee ein. Es war ein traumhaftes Frühstück. David genoss es, vor allem, weil er es mit einer so wunderschönen Frau teilen durfte!

„Was wirst du deiner Frau sagen?", fragte Cynthia, als sie von ihrem Brötchen abbiss.

„Ich habe keine Ahnung. Was erzählst du deinem Mann?", fragte David.

„Gar nichts! Und wenn er fragt, sage ich ihm die Wahrheit, nämlich dass ich mich in einen anderen verliebt habe!", antwortete Cynthia. Dann frühstückten sie weiter.

Nach dem Frühstück machten sich David und Cynthia frisch. Anschließend fuhr Cynthia David zu seinem Auto, das ja noch beim *Martinique* stand. Sie parkte neben Davids rotem Cabriolet.

„Ist ein hübscher Wagen", sagte Cynthia.

„Ja, aber nicht so hübsch wie du", sagte David und gab ihr einen Kuss.

„Wann sehen wir uns wieder, mein Liebling?", fragte Cynthia.

„So bald, wie möglich. Aber erst einmal kann ich mich wohl auf etwas gefasst machen", sagte David.

„Das glaube ich auch", sagte Cynthia und schmunzelte. Sie gaben sich noch einen Abschiedskuss und umarmten sich ganz fest. David stieg aus und ging zu seinem Wagen. Cynthia hauchte ihm noch einen Luftkuss zu, bevor er in den Wagen stieg. Als er seinen Wagen startete, hörte er schon die quietschenden Reifen von Cynthias Porsche.

Jetzt, wo er ganz allein war, wurde ihm doch ein bisschen mulmig zumute.

‚Was soll ich ihr bloß sagen?', fragte sich David, als er an Juliette dachte.

Er fuhr erst mal los und beschloss, einfach abzuwarten. David sah auf die Uhr. Es war 10.30 Uhr am Sonntag.

Einige Minuten später parkte er vor dem Haus, in dem Juliettes Appartement lag. Er stieg aus und atmete noch einmal tief durch. Dann stieg er in den Fahrstuhl und fuhr nach oben. Er schloss die Wohnungstür auf und ging hinein.

„Juliette?", fragte er. Doch niemand antwortete! Er ging ins Wohnzimmer und sah sich um. Dann ging er ins Schlafzimmer. Das Bett war unbenutzt!

‚Das gibt's doch nicht, wo ist sie denn schon so früh hin? Oder war sie gar nicht hier gewesen?', fragte sich David. Alles kam ihm merkwürdig vor! Wusste Juliette etwa schon von seinem nächtlichen Ausflug?

Er setzte sich auf die Couch. Die Ungewissheit machte ihn völlig verrückt. Plötzlich klingelte das Telefon. David nahm den Hörer ab und sagte: „Hallo?"

„Hallo David, hier ist Vivian."

„Hallo Vivian, wie geht's dir?"

„Mir geht's einigermaßen gut, aber deiner Frau nicht!" David schluckte.

‚Sie weiß es also schon', dachte sich David.

„David, bist du noch dran?"

„Äh, ja, Vivian. Ich bin noch dran."

„Juliette und ich, wir sind immer noch bei Monique. Monique wollte ihren Kummer im Alkohol ertrinken und hat uns angesteckt. Und so sind wir bei ihr hängen geblieben und irgendwann völlig betrunken eingeschlafen. Juliette hat zig mal versucht, dich auf deinem Handy anzurufen, aber konnte dich nicht erreichen."

„Und wo ist sie jetzt?", fragte David.

„Sie liegt neben Monique im Bett und schläft immer noch ihren Rausch aus", antwortete Vivian und lachte. David fing auch an zu lachen.

„Bist du sehr böse?", fragte Vivian.

„Ach was, das kann doch jedem mal passieren", sagte David erleichtert.

„Bleibst du noch einen Moment dort?", fragte David.

„Ja, ich werde den beiden nachher noch etwas zu essen

130

machen und ein bisschen aufräumen", sagte Vivian.

„Juliette kann ja nachher mal anrufen, wenn sie wach ist, okay?", fragte David.

„Sag ich ihr. Also, bis dann, David", sagte Vivian.

„Bis dann, Vivian. Mach's gut", sagte David. Er legte den Hörer auf und ließ sich auf die Couch zurückfallen. Habe ich ein Schweineglück!, sagte David zu sich selbst.

David ging ins Schlafzimmer, durchwühlte das Bett und machte es dann wieder zurecht. Seine Art, das Bett zu machen, war etwas anders als Juliettes und so würde sie annehmen, dass er tatsächlich darin übernachtet hatte.

Entspannt und erleichtert ging er dann unter die Dusche. Später setzte er sich auf den Balkon und sonnte sich. Das Telefon hatte er mit hinaus genommen. Er dachte an die wundervolle Nacht mit Cynthia. Plötzlich klingelte das Telefon. David ging ran und sagte: „Hallo."

„Hallo, mein Schatz", sagte Juliette mit müder Stimme.

„Na, meine Süße, aufgewacht?", fragte David.

„Ja", sagte Juliette, die sich gerade streckte. „Bist du böse? Vivian hat dir ja alles erzählt, oder?"

„Ja, hat sie. Warum sollte ich böse sein, mein Schatz? Hauptsache, du kommst bald nach Hause", sagte David.

„Du bist der beste Mann der Welt, David", sagte Juliette erleichtert. „Ich komme bald. Ach übrigens, wo warst du denn gestern?"

„Ich bin mit Ron ins *Martinique* gegangen", sagte David.

„Und, hattest du einen schönen Abend?", fragte Juliette.

„Ja, er war sehr schön", antwortete David.

„Also, mein Schatz, ich fahre gleich los, ja?", sagte Juliette.

„Bis gleich", sagte David und legte auf. Entspannt lehnte er sich wieder in seinen Liegestuhl und zündete sich eine Zigarette an. Er blickte entspannt auf die Bucht von Cannes. Wieder dachte er an Cynthia und daran, was für eine außergewöhnliche Frau sie war. Er erinnerte sich an die unglaubliche Zärtlichkeit zwischen ihnen. Dann rief er kurz Ron an und erklärte ihm, warum er plötzlich verschwunden war.

„Mach mit ihr bloß keinen Mist, David. Cynthia Vaillante ist keine Frau für eine Nacht, sie ist sehr einflussreich! Dann kriegst du in ganz Frankreich keinen Fuß mehr auf den Boden! Oh David, alter Junge, was hast du nur wieder gemacht?", sagte Ron. Aber das erschütterte David nicht, denn er hatte Cynthia auch nicht als eine Frau für eine Nacht betrachtet und auch nicht als kleines Abenteuer.

Eine halbe Stunde später kam Juliette zur Wohnungstür herein. Sie ging zu David auf den Balkon hinaus.

„Hallo Schatz", sagte sie erschöpft und umarmte ihn in seinem Liegestuhl.

David gab ihr einen liebevollen Kuss und sagte: „Schön, dass du mal wieder vorbeikommst."

Juliette boxte ihn auf den Bauch und sagte lachend: „Blödian!"

Es war schön für David, Juliette zu fühlen. Sie hatte ihren Kopf auf seine heiße, verschwitzte Brust gelegt und David streichelte ihre langen, blonden Haare.

„David?", fragte sie bettelnd, als sie zu ihm aufsah.

„Ja, was ist?", fragte David.

„Darf ich mich noch ein wenig hinlegen? Mir geht's immer noch nicht so gut", sagte Juliette.

David tat so, als wäre er nicht allzu begeistert und antwortete dann lächelnd: „Na klar, mein Schatz, ich bringe dich hoch." Arm in Arm gingen sie in Richtung Schlafzimmer. Langsam zog Juliette sich aus. Als sie völlig nackt war, hätte David sie am liebsten doch nicht schlafen lassen, so schön und so hilflos sah sie aus! Juliette legte sich erschöpft hin.

David deckte sie sanft zu. Er gab ihr einen Kuss und sagte: „Ich liebe dich, Juliette."

„Mmh, ich dich auch", stammelte Juliette lächelnd vor sich hin. Dann ging er zur Schlafzimmertür. Er drehte sich noch einmal um und sah Juliette an, bevor er leise die Tür schloss. David war wirklich froh, dass Juliette wieder bei ihm war.

Er setzte sich auf die Couch. Seine Gefühle hatten sich völlig verirrt und zappelten orientierungslos in seinem Kopf herum.

‚Warum ist mein Leben nur so kompliziert, obwohl es doch eigentlich einfach und schön sein könnte?', fragte sich David.

Doch er fand keine Antwort. Alle Frauen, die er im Moment begehrte, bedeuteten ihm wirklich viel. Jede von ihnen liebte er, doch jede auf eine andere Weise, denn sie waren alle verschieden – total verschieden! Und er stellte fest, dass keine der Frauen schlechter war als die anderen. Das machte es für David noch schwerer!

Plötzlich dachte er an Minou. Oft sah er sich das Photo an, das er von ihr bekommen hatte. Er versteckte es in der Wartungsklappe der Badewanne, die schwer zu öffnen war und nur benutzt werden würde, wenn einmal der Abfluss verstopft sein sollte. Schließlich nickte auch David in seinem Liegestuhl ein.

Als er wieder aufwachte, stand er auf, um nach Juliette zu sehen. Er ging leise ins Schlafzimmer und sah, dass sie immer noch schlief. Es war jetzt schon fast 19 Uhr. David gab ihr einen Kuss, doch sie schlief so tief und fest, dass sie den Kuss gar nicht bemerkte. David legte sich neben sie und sah sie an.

‚Was habe ich nur für eine wunderschöne Frau?', fragte sich David. Er verbrachte den Abend allein, denn Juliette schlief sich richtig aus!

Am nächsten Morgen sahen sie sich kurz beim Frühstück. Dann gingen beide zur Arbeit. David war beruflich nördlich von Cannes unterwegs, um dort in einer Fabrik neue Partymöbel für seine Firma anzusehen.

Es war kurz nach 11 Uhr, als sein Handy klingelte.

„Hallo", sagte David, als er ranging.

„Hallo David", sagte eine weibliche Stimme.

„Hallo, wer ist denn da?", fragte David.

„Cynthia", sagte sie.

„Cynthia, wie schön, dass du anrufst. Wie geht's dir, mein Liebling?", fragte David.

„Seitdem ich dich kenne immer gut, mein Schatz", antwortete Cynthia und lächelte dabei. „Hast du Zeit für ein Mittagessen?"

„Kann ich einrichten", sagte David. „Und wo?"

„Bei mir? Falls du Lust hast", sagte Cynthia.

„Ich könnte in einer knappen halben Stunde da sein", sagte David.

„Gut. Ich freu mich schon auf dich", sagte Cynthia und legte auf.

Kurz vor 13 Uhr fuhr David beim Excelsior vor. Ein Page kam und öffnete ihm die Tür.

„Guten Tag, Monsieur de Sisalles, herzlich Willkommen", sagte der Page. David nickte und ging in das Hotel. Am Fahrstuhl wartete ein weiterer Page und begrüßte ihn ebenfalls sehr höflich und zuvorkommend.

Er öffnete den Fahrstuhl und sagte: „Bitte sehr, Monsieur. Madame Vaillante erwartet Sie bereits."

David stieg ein und sagte: „Danke!" Die Tür schloss sich automatisch und der Fahrstuhl setzte sich sogleich in Bewegung. David war erstaunt.

‚Keine Spur von Diskretion', dachte sich David. ‚Aber woher wusste Cynthia überhaupt seinen Nachnamen?'

Der Fahrstuhl hielt an und die Tür öffnete sich. Aber es war niemand zu sehen. Er ging in die Suite und rief: „Cynthia?"

Keine Antwort! David sah, dass der Tisch aber schon sehr gemütlich gedeckt war und ihm stieg der Duft eines guten Steaks in die Nase.

Kerzen leuchteten auch schon. Plötzlich gingen elektrische Rollläden an den Fenstern herunter und schlossen sich. Der Raum war stockdunkel und nur der Tisch und ein paar Wandleuchter wurden von einem romantischen Kerzenschein erleuchtet.

‚Wow', dachte sich David. Plötzlich sah er Cynthia im Türrahmen zum Schlafzimmer stehen und sagte: „Da bist du ja endlich!"

Sie war nur mit einem dünnen, weißen Kaschmirpullover bekleidet, der ihr fast bis zu den Knien reichte, und trug keine Schuhe.

Cynthia ging auf David zu und küsste ihn stürmisch,

während sie ihn umarmte. David war verrückt nach ihr! Er spürte, dass Cynthia keinen BH trug. Sie hatte die Haare hochgesteckt und trug einen dunklen Lippenstift.

David trank von ihren Lippen, so wie ein verliebter Schuljunge, der jahrelang heimlich verliebt gewesen war und seine Traumfrau endlich küssen durfte.

Dann trennten sich ihre Lippen. Cynthia sah David tief in die Augen. „Schön, dass du kommen konntest."

„Es hat sich doch gelohnt", sagte David lächelnd. „Es sieht wunderschön aus hier."

Cynthia legte ihre Arme um seinen Hals und sagte: „Ich dachte, wenn du schon heute Abend mit deiner Frau verbringst und nicht bei mir, dann zaubere ich uns eben jetzt einen schönen Abend!"

„Gute Idee von dir", sagte David und gab ihr einen tiefen und zärtlichen Kuss.

„Essen wir?", fragte Cynthia. David nickte. Cynthia füllte Davids Teller mit dem köstlichen Essen. Anschließend füllte sie Davids Glas mit einem Cabernet. David fühlte sich wie im siebten Himmel. Er musste nichts tun, außer sich bedienen zu lassen und Cynthias reizvollen Anblick zu genießen. Sie saßen sich gegenüber. Im Hintergrund erklang leise, klassische Musik.

„Es schmeckt großartig", sagte er zu Cynthia.

„Danke. Es ist übrigens nicht aus der Hotelküche, nur dass du es weißt", sagte Cynthia lächelnd. Dann waren sie fertig mit dem Essen. Cynthia nahm sich eine Zigarette und fragte: „Darf ich?"

„Nur zu", antwortete David. David nahm eine Zigarette von den seinen und zündete sie an, denn Cynthias waren ihm zu leicht. Sie setzten sich gemeinsam auf eine rote Récamière, die in der Nähe des Tisches stand.

„Lehn dich zurück", sagte Cynthia auffordernd. Er tat es. Cynthia legte sich in Davids Arm und streichelte seinen Oberschenkel. Verliebt lagen sie dort und genossen die gegenseitige Wärme und Zuneigung.

„Ach übrigens, du hast heute Nachmittag frei, ab sofort",

sagte Cynthia.

„Was? Das geht nicht. Ich habe noch zu tun, Cynthia", sagte David.

„Nein, hast du nicht", sagte Cynthia lächelnd. „Claire hat dir für heute Nachmittag frei gegeben. Offiziell warst du natürlich arbeiten, versteht sich."

„Wie? Du kennst Claire?", fragte David. „Ja, sie ist eine gute Bekannte von mir. Ich habe sie um einen Gefallen gebeten. Genauer gesagt brauche ich dich angeblich für eine organisatorische Beratung hier im Hotel, den ganzen Tag!"

„Jetzt sag mir nicht, dass du Claire dafür bezahlst", sagte David leicht verärgert.

Cynthia sah ihn liebevoll an und sagte: „Nein, es ist nur ein Gefallen, mehr nicht! Wenn du mir nicht glaubst, ruf Claire an und frag sie, okay?"

David überlegte einen Augenblick und sagte: „Schon gut, ich glaube dir. Das hast du phantastisch eingefädelt, mein Schatz." Dann küsste er sie dankbar! David war von dieser List beeindruckt und doch fühlte er sich ein bisschen verkauft.

‚Cynthia scheint jedenfalls genau zu wissen, was sie will, so viel steht fest', dachte sich David.

Nachdem beide zu Ende geraucht hatten, schmusten sie sich aneinander. David schob seine Hand sanft unter Cynthias Kaschmirpullover und streichelte erst ihren flachen Bauch und dann ihre festen Brüste.

Cynthia sagte plötzlich: „Warte, bitte!", und stand auf. David war hocherregt und verstand die Welt nicht mehr.

„Was hast du?", fragte er.

„Bitte warte", sagte Cynthia und ging ins Schlafzimmer.

Eine Minute später kam sie zurück. Und zwar angezogen mit einem khakifarbenen Safarikleid und einer ägyptischen Kette um den Hals.

„Nun komm schon, Schatz, ich will dir was zeigen", sagte Cynthia und lächelte ihm zuversichtlich zu. „Du musst nicht, wenn du nicht willst", sagte sie. „Vertraust du mir?"

David sah ihr fragend in die Augen. Dann überlegte er einen

136

Augenblick und sagte: „Ja!"

Cynthia lächelte und sagte: „Dann komm!" Sie gingen zum Fahrstuhl und fuhren hinunter. David war gespannt. Was hatte Cynthia vor, fragte er sich.

Arm in Arm gingen sie durch die Eingangshalle des Hotels. Dem erstbesten Pagen, den sie trafen, sagte Cynthia: „Den Wagen von Monsieur de Sisalles, bitte!" Sie standen jetzt vorm Excelsior und warteten auf den Wagen.

„Keine Angst, ich tue dir nichts, Schatz", sagte Cynthia und gab David einen zärtlichen Kuss. Der Wagen wurde vorgefahren. David und Cynthia stiegen ein.

„Wohin soll ich fahren?", fragte David.

„Zum Flughafen", sagte Cynthia lächelnd.

„Zum Flughafen?", fragte David stutzig.

„Ja. Vertrau mir", sagte Cynthia. Plötzlich nahm Cynthia ihr Handy und wählte eine Nummer. Als sich jemand meldete, sagte sie: „Hello. This is Mrs Vaillante. Take off at 14.30, okay?"

„Okay, ready for take off at 14.30, Mrs Vaillante", sagte die Gegenseite.

„Wir wollen fliegen?", fragte David erstaunt. „Heute noch?"

„Es ist nicht weit, David. Heute Abend bist du wieder bei deiner Frau", sagte Cynthia und lächelte ihm zuversichtlich zu.

Um 14.15 Uhr parkten sie am Flughafen. Sie quälten sich an der Menschenmenge von Passagieren vorbei zu einem VIP-Gate. Einige Minuten später wurden sie von einem Shuttle zu einem Learjet gebracht.

„Jetzt sag nicht, der gehört auch dir?", fragte David.

Cynthia schüttelte den Kopf und sagte: „Nein, er ist nur gechartert!" Sie stiegen ein und nahmen in dem komfortablen Jet Platz. Es war niemand sonst an Bord. David stand unter Hochspannung. Er wusste weder wann er zurück kommen, noch wo er überhaupt hinfliegen würde.

Dann hob der Learjet ab. Cynthia saß genau neben ihm in einem beigefarbenen Ledersessel. Der Jet war in Cremefarben gehalten und überall war Gold und Edelholz sichtbar. Sie tranken Champagner und genossen die Aussicht über das herrliche Wolkenpanorama.

„Wie fühlst du dich, David?", fragte Cynthia und legte ihre Hand auf seine.

„Wie James Bond bei einem Geheimauftrag", sagte David und lachte.

„Wir fliegen nach Mallorca", sagte Cynthia.

„Wohin?", fragte David.

„Nach Mallorca, ich möchte dir dort schnell etwas zeigen, mein Schatz!", antwortete Cynthia.

David trank einen Schluck Champagner und sagte: „Na, da bin ich aber gespannt!"

Etwa 80 Minuten später landete der Jet auf einem Flughafen. David und Cynthia stiegen aus und wurden von einem Shuttle abgeholt und zum Terminal gefahren. Außer Cynthias Handgepäck hatten sie nichts mit dabei und deshalb waren sie auch in kürzester Zeit aus dem Flughafen draußen.

Zuvor holte Cynthia noch einen Schlüssel von einer Mietwagenfirma ab. Sie stiegen in einen schwarzen Jeep und fuhren los.

„Warst du schon mal hier?", fragte Cynthia.

„Nein", sagte David.

Nach etwa 40 Minuten Autofahrt kamen sie zu einem wenig bebauten Hügel in der Nähe des Meeres. Sie fuhren die staubigen Sandwege entlang, bis sie zu einem riesigen Gebäude kamen. Direkt davor blieben sie stehen.

„Wir sind da", sagte Cynthia.

David blickte etwas verdutzt und sagte: „Okay!" Dann stiegen sie aus.

„Komm, ich zeige dir das Haus", sagte Cynthia. Es war noch nicht ganz fertiggestellt. Und doch konnte man sehen, dass es ein richtiger *Palazzo* mit diversen Zimmern war, mit großem Swimmingpool und riesigem Grundstück. Die Aussicht war großartig, direkt auf eine riesige Bucht.

„Warum sind wir hier?", fragte David, als sie durch das Haus gingen.

„Ich zeige es dir, damit du weißt, wo du mich treffen kannst

138

– völlig anonym. Deshalb baue ich ja auch hier und nicht an der Côte d'Azur. Hier kennt niemand unser wahres Ich und wird es auch niemals kennen, denn nicht einmal meine beste Freundin weiß von diesem Haus und schon gar nicht mein Mann. Nur meine Sekretärin, mein Anwalt und du!", sagte Cynthia.

„Warum gerade auf Mallorca?", fragte David.

„Meine Mutter war Spanierin! Sie lebte hier auf Mallorca. Ich wollte ihr nahe sein und gleichzeitig habe ich dann auch irgendwann ein schönes Ferienhaus, nur für mich allein. So dachte ich jedenfalls noch bis vor zwei Tagen... Aber da kannte ich dich ja noch nicht, mein Schatz", sagte Cynthia mit liebevoller Stimme und küsste David, während die spanische Sonne auf ihre Körper prallte.

Sie gingen zum *Palazzo*. Auch wenn überall noch roher, roter Stein zu sehen war, waren die Größe und die Helligkeit trotzdem schon anmutig und schön.

„Es ist wirklich ein stattliches Ferienhaus", sagte David ironisch.

„Warte nur ab, bis es fertig ist", sagte Cynthia und lächelte ihm zu. Dann waren sie im Obergeschoss des zweistöckigen Hauses. Die Aussicht war herrlich. Und doch war es ziemlich heiß in den Räumen, obwohl diese noch ohne Fenster waren.

Plötzlich zog Cynthia David an sich und griff ihm an sein bestes Stück. David begann zu schnaufen und drückte sein Becken gegen ihres.

Cynthia schloss ihre Augen und sagte: „Ja, David, erlöse mich." David schob ihr Safarikleid hoch und fasste ihr in den Tanga.

„Aah", stöhnte Cynthia erregt und schob ihren Tanga eilig herunter. David knöpfte seine Hose auf und sie griff nach ihm.

„Mach schon, David", sagte Cynthia und David drückte sie gegen die Hauswand und drang in sie ein. Es waren heftige und doch leidenschaftliche Stöße, die die beiden Liebenden verbanden. Jede gemeinsame Bewegung war wie ein Donnerschlag der Emotionen. David hatte den unbedingten Wunsch, Cynthia einen gemeinsamen Höhepunkt zu schenken.

Als Cynthia: „Gleich, David", sagte, nahm er sich noch einmal zurück, um zu warten.

„Oh Liebster, jetzt", sagte Cynthia und auch David erlöste sich von seinen lustvollen Qualen. Beide stöhnten laut. Fast wie wilde, erbarmungslose Tiere. Aber es war ja niemand in der Nähe, deswegen kümmerten sie sich auch nicht darum! Sie standen lange umklammert an der Hauswand aus rohem Stein und atmeten immer noch tief.

„Ich liebe dich", sagte David und blickte ihr tief in die Augen.

Cynthia legte ihre linke Hand auf seine Wange und sagte: „Und ich vergöttere dich." Bei ihren Worten flackerten ihre Augen hin und her! Dann gingen die beiden wieder aus dem *Palazzo* heraus.

„Wann wird es fertig?", fragte David.

„Wenn alles gut läuft, in ungefähr 8 Wochen", antwortete Cynthia und lächelte. Sie stiegen in den Wagen und fuhren sofort zum Flughafen zurück.

Um 19.25 Uhr landeten sie wieder in Nizza. ‚Ein unglaubliches Timing', dachte sich David. Er war nur wenige Stunden fort gewesen und doch hatte er in dieser Zeit so viel gesehen und erlebt, wie man es wohl anders kaum schaffen könnte. Es kam ihm vor, als wäre er für eine Urlaubslänge aus seinem Alltag entflohen. Alles kam ihm vor wie ein Rausch der Sinne, den er jedoch niemals vergessen würde – und das sein ganzes Leben lang!

Es war 20.10 Uhr, als David in Juliettes Appartement kam. Er riss sich die Kleider vom Leib und wollte sich gerade ein Bad einlassen, als es an der Haustür klingelte.

‚So ein Mist, wer ist das denn?', fragte David sich. ‚Juliette kann es nicht sein, sie kommt heute nicht vor 21 Uhr', dachte er sich. Er wickelte sich ein weißes Handtuch um die Hüfte und ging aus dem Badezimmer hinaus zur Haustür. David öffnete die Tür.

„Minou", sagte er erstaunt, als er sie sah.

Minou musterte ihn wollüstig und sagte: „Hallo David, was für eine nette Verpackung."

„Komm doch rein", sagte David. Minou lächelte und ging ins Appartement hinein. „Juliette ist noch nicht da", sagte David und bot Minou einen Platz auf der Couch an. „Seid ihr verabredet?", fragte David.

„Ja", antwortete Minou und lächelte David verführerisch zu.

„Möchtest du etwas trinken?", fragte David.

„Ja, einen Martini vielleicht", antwortete Minou.

„Okay", sagte David und holte ihr einen. „Ich ziehe mich kurz an", sagte er und verschwand im Schlafzimmer. Zum Baden hatte er ja jetzt keine Gelegenheit mehr, also zog er sich wieder an. Als er wieder aus dem Schlafzimmer kam, hatte es sich Minou bereits ziemlich bequem gemacht.

„Da bist du ja, mein Schatz", sagte Minou mit heißem, erwartungsvollem Blick. David lächelte nur und nahm sich ein kühles Bier aus dem Kühlschrank. „Wie geht es eigentlich Cynthia?", fragte Minou mit vorwurfsvollem Blick.

„Welche Cynthia?", fragte David verdutzt.

„Nun tu doch nicht so scheinheilig. Wenn man mit einer Frau wie Cynthia Hand in Hand im *Martinique* herumläuft, bleibt das eben nicht lange ein Geheimnis", sagte Minou.

„Kennt ihr euch?", fragte David.

„Ja, wir haben gelegentlich beruflich miteinander zu tun", antwortete Minou.

David setzte sich neben Minou und fragte: „Wirst du es Juliette sagen?"

Minou streckte ihre Arme aus und sagte: „Von mir wird sie nichts erfahren. Komm her."

David wusste, dass Minou ihn in der Hand hatte! Er legte sich neben sie und sagte: „So wie es aussieht, bist du wohl jetzt am Zug."

Minou nickte langsam und sagte: „Ja, sieht so aus." Dann umschlang sie David und küsste ihn sanft und leidenschaftlich.

Auch David verspürte jetzt Sehnsucht nach Minous heißem Körper.

„Du bist eine Schlange", sagte David und sah ihr tief in die Augen.

„Genau wie du", sagte Minou und küsste ihn fest. Gerade wollte David ihre Brüste streicheln, da klingelte plötzlich das Telefon. Genervt ging David ran.

„Hallo", sagte er.

„Ich bin's, Schatz, Juliette. Du es wird heute spät, wir haben ein kleines Problem in der Firma", sagte Juliette.

„Schade", sagte David. „Minou ist gerade gekommen."

„Ich weiß, tut mir Leid. Macht euch einen netten Abend. Mit mir könnt ihr erst nachts rechnen, aber dafür mache ich morgen frei, okay?", sagte Juliette.

„Ist gut", sagte David.

„Ich muss Schluss machen. Bis später", sagte Juliette und legte auf.

„Es gibt Probleme in der Firma. Juliette wird erst spät kommen", sagte David zu Minou.

„Was für Probleme?", fragte Minou.

„Das hat sie mir nicht gesagt. Nur, dass wir uns einen schönen Abend machen sollen", antwortete David.

Minou verschränkte ihre Hände hinter dem Kopf und sagte: „Das ist doch auch nicht schlecht, oder?"

David lächelte mit berechnendem Blick und sagte: „Ja, das ist nicht schlecht." Er ging wieder zu Minou und küsste sie leidenschaftlich. David legte seine Hand auf ihren Apfelpo und zog sie fest an sich. Minous Körper glühte vor Lust. Gierig schob er seine rechte Hand unter ihren weißen Rock.

Dann schob er ihren Slip beiseite und streichelte ihre Venus. Minou war so glücklich in diesem Moment. Jede seiner sanften Berührungen genoss sie, als wäre es seine letzte.

Schnell kam sie zum Höhepunkt. Ihr Gesicht lief rot an und auch ihre Lippen waren blutrot vor Ekstase.

In diesem Augenblick hatte David sie wieder in der Hand! Und

142

Minou wusste es. Als Minou ein wenig durchgeatmet hatte, wollte sie gerade über David herfallen, als er überlegt sagte: „Vielleicht sollte ich mich erst frisch machen, denn nach Cynthia hatte ich noch keine Gelegenheit dazu. Ich wollte es dir nur fairerweise sagen!"

Minou setzte sich etwas auf und sah ihn empört an. „Das ist mir scheißegal", sagte Minou, „komm her!" David war platt! Minou war wirklich eine ungewöhnliche Frau.

Schon der Gedanke, dass ihr Mann mit einer anderen zusammen war, lässt es den meisten Frauen – verständlicherweise – schon speiübel werden!

Minou riss David an sich und öffnete gierig seine Hose. Dann verwöhnte sie ihn sanft und zugleich gierig mit dem Mund. David war in diesem Moment fast besinnungslos vor Lust. In ihm spielte es völlig verrückt. Schlechtes Gewissen, Begierde, Leidenschaft und Abenteuerlust wechselten in seinen Gedanken hin und her. Als David zum Höhepunkt kam, schmerzt ihn sein bestes Stück ein wenig, doch er war glücklich!

Ein paar Zigaretten später...

„Was gefällt dir an Cynthia?", fragte Minou.

„Wie? Was meinst du?", fragte David.

„Was findest du bei ihr, was du bei mir nichts hast?", fragte Minou.

David nahm einen Schluck Bier und antwortete langsam: „Ich weiß es nicht!"

Minou nahm Davids Kopf zwischen ihre Hände und sagte: „David, Liebster. Du weißt doch, dass ich alles für dich tun würde, oder?"

„Ja", antwortete David und sah Minou an.

„Reicht das denn nicht?", fragte Minou David erwartungsvoll.

David ging nackt auf den Balkon hinaus und sagte: „Komm mal her zu mir." Minou, die auch völlig nackt war, ging zu ihm und umarmte David von hinten. Dann drehte er sich zu Minou um. „Es gibt viele Frauen, die alles für mich tun würden! Aber ich will so eine Frau nicht! Verstehst du? Wer mich will – und zwar wirklich und ganz für sich allein – der muss kämpfen! Erst dann weiß ich, welche Frau es wert ist, wirklich und allein, ganz allein, von mir geliebt zu werden", sagte David.

Minou atmete tief durch. „Ich habe es begriffen", sagte sie und küsste David, während sie ihn umarmte. Sie ging hinein. Und David sollte schon sehr bald bemerken, dass sie seine Worte sehr ernst genommen hatte.

„Hallo Juliette", sprach Minou ins Telefon. „Ich hoffe, ich störe nicht."

„Hallo Minou", sagte Juliette. „Du, ich bin gerade sehr beschäftigt."

„Ich weiß. Du, ich glaube es ist nicht euer Abend heute. David bekam einen Anruf und musste sofort weg! Seine Chefin hat angerufen. Es ging um einen wichtigen Auftrag, gleich früh am Morgen. Er bat mich, dich zu benachrichtigen. Morgen Vormittag ruft er dich an", sagte Minou.

Juliette stöhnte. „Auch das noch. Na ja, was soll er schon machen? Jedenfalls danke, dass du angerufen hast, Minou. Was machst du jetzt noch?", fragte Juliette.

„Ich fahre gleich nach Hause", antwortete Minou.

„Okay. Danke für den Anruf und bis bald", sagte Juliette.

„Bis bald, Schwesterchen", sagte Minou und legte auf. Minou stellte das Telefon beiseite und ging splitterfasernackt auf David zu. „Jetzt haben wir viel Zeit", sagte Minou und lächelte ein wenig stolz.

David stand mit verschränkten Armen auf dem Balkon und sagte: „Du bist ein kluges Mädchen!"

Minou umarmte David und sagte: „Ich kenne einen idealen Ort für eine Erholung zu zweit."

„Ach ja, und wo?", fragte David.

„In eurem Landhaus", antwortete Minou entschlossen.

David wollte erst einen Einwand aussprechen, doch als Minou ihn sehnsüchtig küsste, vergaß er es schlichtweg!

„Wie lange fahren wir?", fragte David, als er auf den Beifahrersitz von Minous Ferrari Cabriolet saß.

„Kommt drauf an, wie schnell wir durchkommen", antwortete Minou und lächelte ihm zu. Dann gab sie Gas...

Es war eine wunderschöne Strecke. Das Wetter war prächtig. Wolkenloser Himmel und nur ein leichter, sanfter Fahrtwind. Minou fuhr so schnell, dass es David unmöglich war, auch nur eine einzige Zigarette angezündet zu halten.

„Was willst du eigentlich von mir?", fragte David plötzlich, als er sich nach links zu Minou umdrehte.

Sie hielt das Lenkrad fest in der Hand, sah ihm in die Augen und sagte: „Dass du mein Mann wirst und mir mindestens zwei Kinder schenkst." Minou lächelte dabei. Und David wusste, dass Minou das, was sie sagte, absolut ernst meinte. Denn es gehörte schon einiges dazu, seine eigene Schwester zu belügen und deren Mann ins Bett und sogar in die Ehe locken zu wollen!

In der Abenddämmerung fuhren sie schließlich auf einen kleinen Feldweg. Er war umgeben von Feldern, die mit blauem Lavendel gefüllt waren. Die Landschaft war wunderschön. Sie fuhren auf ein Haus aus Steinen zu, mit roten Dachziegeln gedeckt. Der steinige Sand der Feldwege knirschte unter den Reifen des Wagens und eine lange Staubwolke hing hinter Minous Ferrari.

Sie hielten vor dem Gebäude und Minou machte den Motor aus. Minou nahm ihre Sonnenbrille ab und sagte: „So, das ist es!" David war beeindruckt.

„Es ist traumhaft hier", sagte er. Weit und breit war kein anderes Haus zu sehen.

„Komm, wir gehen rein", sagte Minou.

Sie stiegen aus. Minou sah David an und sagte: „Nun schließ schon auf, David."

Die Holztür ging auf. David und Minou standen jetzt in einem rustikalen, aber komfortabel eingerichteten Wohnzimmer mit Steinwänden und Kamin. Die Küche war gleich links neben der Haustür. Vom Wohnzimmer aus konnte man durch eine Flügeltür auf eine Terrasse schauen. Das Landhaus war wirklich sehr idyllisch gelegen, ja fast malerisch...

„Gibt es hier etwas zu trinken?", fragte David.

„Na klar, Champagner vielleicht?", fragte Minou.

„Gute Idee", antwortete David lächelnd. Minou ging zum Kühlschrank und holte den Champagner. Sie ließ ihre Pumps fallen, bevor sie sich zu David auf die schwere, bordeauxrote Couch setzte.

„Also, genießen wir den Aufenthalt in deinem schönen Haus", sagte Minou und hob ihr Glas.

„Auf ein paar schöne Stunden", sagte David und lächelte Minou verliebt zu. Beide tranken einen Schluck und ließen sich auf die Couch fallen.

„So, jetzt brauche ich aber endlich eine Zigarette", sagte David und stand auf. Er öffnete die Flügeltür und ging auf die Terrasse hinaus. Jetzt war es schon fast dunkel. Ein paar Quellwolken drängten sich vor die untergehende Sonne.

David zog entspannt und zufrieden an seiner Zigarette, als er plötzlich von hinten Schritte näherkommen hörte. Er drehte sich um und sah Minou auf ihn zu kommen. Sie war nur mit schwarzen Hotpants bekleidet. Ein Oberteil hatte sie nicht mehr an. Doch wen sollte es schon kümmern in dieser herrlichen Einsamkeit?

Minou hatte die Champagnerflasche in der Hand und flößte David einen tiefen Schluck ein. An seinem Kinn lief etwas Champagner herunter und sie küsste ihn sanft ab. David verlor sofort den Verstand und küsste Minou wild und hemmungslos. Dann nahm auch sie einen Schluck.

David spürte ihre weichen Lippen, die nach Lippenstift und frischem Champagner zugleich schmeckten. Er sah ihr verliebt in die Augen. Tiefe Gefühle wurden jetzt wieder in ihm wach und erst jetzt bemerkte er, wie sehr er Minou in Wirklichkeit vermisst hatte.

„Minou", sagte David leise während des Kusses.

146

„Ja, Liebster?", fragte sie, als sie ihren Kopf beim Küssen von links nach rechts neigte.

„Ich liebe dich", hauchte er ihr zu.

Plötzlich ließ sie von David ab und sah ihn vorwurfsvoll an. Dann drückte sie seinen Kopf zu ihren festen Brüsten herunter und presste ihn an sich.

„Dann entscheide dich bald, oder du verlierst mich", sagte Minou mit lustvoll geöffnetem Mund. Ihr Dekolletee war leicht verschwitzt und David genoss den Geruch ihres prachtvollen, sinnlich weiblichen Körpers. „Komm, lass uns schnell reingehen", sagte sie zu David. Sie zog David an der Hand ins Haus. Sie gingen durchs Wohnzimmer und eine kleine, knarrende Holztreppe hinauf ins Schlafzimmer. Es war in mediterranem Stil eingerichtet.

Minou ließ sich auf das Rattanbett fallen, nachdem sie vorher das Fenster geöffnet hatte. Der Duft von Lavendel und ein leichter Wind wehten in das Zimmer. David beugte sich über Minou. Mit weit geöffneten Augen lag sie da und betrachtete David, ohne eine Miene zu ziehen.

„Wirst du dich bald entscheiden, wen du willst?", fragte Minou mit ernstem Blick.

David überlegte einen Moment und sagte: „Ich versuche es, okay?"

Dann lächelte Minou und sagte: „Ist gut. Und jetzt leg dich hin!"

David legte sich aufs Bett. Jetzt zog Minou ihm die Hose aus und David öffnete sein Hemd. Als beide nackt waren, legten sie sich unter die Decke und kuschelten zärtlich miteinander. David ertastete mit seiner rechten Hand ihren glatten, sonnengebräunten Körper. Dann griff Minou David zwischen die Schenkel und streichelte sanft sein bestes Stück. Er stöhnte leise und war glücklich, bei einer so wunderbaren Frau sein zu dürfen, die genau zu verstehen wusste, was er wollte und was er brauchte.

David streichelte zärtlich ihre Brüste, die stark erregt waren. Dann setzte sich Minou auf Davids Schoß und fing an, ihn langsam zu reiten. David wünschte sich, dass Minou nie wieder aufhören würde, ihr Becken auf ihm kreisen zu lassen. Beide verkrallten ihre Hände ineinander, so als wollten sie nie wieder voneinander lassen. Auch Minou war glücklich, ihren David bei sich zu haben. Doch sie wollte ihn für immer...!

Die ganze Nacht war ein Wechselbad aus Sex und Champagnerpausen! Als David am nächsten Morgen aufwachte, war das Bett neben ihm leer. Er stand auf und zog sich Shorts und Hemd an. Als er die Treppe herunter ging, war dort auch niemand zu sehen.

„Minou?", rief David. Keine Antwort! Doch die Flügeltür zur Terrasse stand offen und David ging hinaus. David lächelte, als er den gedeckten Frühstückstisch im Freien sah. Dort lehnte ein Zettel an der Kaffeekanne, auf dem stand:

Guten Morgen, mein Liebster. Bin kurz ein paar Brötchen holen.

P.S.: Danke für die schöne Nacht...

Minou

Da die Vorratskammer und der Kühlschrank des Landhauses gut gefüllt waren, fehlten lediglich etwas Aufschnitt und Brötchen, sonst war schon alles gedeckt. David goss sich etwas frisch gepressten Orangensaft in ein Glas und setzte sich in den Stuhl.

Er genoss den Blick über die bezaubernde Landschaft der Provence, als er von weitem eine Staubwolke näher kommen sah. Als diese immer näher kam, wusste er, dass es Minou sein musste und so war es auch.

Das kräftige Motorengeräusch von Minous Ferrari drang bis zur Terrasse, auf der er saß, als sie vor dem Haus hielt. Minou stieg aus und ging um die Hausecke herum zur Terrasse.

„Hallo Schatz", sagte Minou lächelnd und nahm ihre

148

Sonnenbrille ab. Sie beugte sich zu David herunter.

„Hallo", sagte David. Minou hatte beide Hände voll und gab ihm einen tiefen, zärtlichen Kuss.

„Gut geschlafen?", fragte Minou.

„Ja, sehr gut. Aber nicht viel", antwortete David lächelnd. „Ich helfe dir", sagte er und stand auf.

„Das kannst du", sagte Minou mit lüsternem Blick. Sie stellte die Einkaufstasche ab und öffnete ihre hellblaue Jeans. Sie zog sie etwas herunter, dann ihren weißen Slip, nahm Davids rechte Hand und führte sie zwischen ihre Schenkel. Minou spreizte jetzt ihre Beine, während sie immer noch stand und sagte: „Mach's mir bitte, schnell." Dann schloss sie ihre Augen und genoss die zärtlichen Bewegungen seiner starken Finger zwischen ihren Schenkeln. Wie kaum ein anderer verstand er es, die Lustzentren der Frauen zu treffen und Ekstase hervorzurufen. Eine Minute später war Minou schon im siebten Himmel...!

„Puh", stöhnte Minou und lächelte. David stand auf und küsste seine Liebste zärtlich, während er ihr den Slip hochschob und dann die Hose zuknöpfte.

„Danke", sagte Minou, als sie ihm mit ihren braungrünen Augen tief und sehnsüchtig in die Augen sah.

„Ich danke dir", sagte David.

„So, jetzt habe ich aber Hunger", sagte Minou und deckte den Tisch fertig. Beide genossen das herrliche Frühstück in der freien Natur. Sie verspürten eine gewisse Freiheit dort draußen, ohne dass irgendjemand sie stören konnte. Und beide fühlten, dass sie für einander geschaffen waren.

„Wie soll es jetzt weiter gehen?", fragte Minou, während sie einen Schluck heißen Kaffee nahm.

„Ich weiß nicht. Was schlägst du vor, mein Schatz?", fragte David. Minou stand auf und setzte sich auf Davids Schoß.

„Juliette ist meine Schwester und ich will sie nicht verletzen. Aber irgendwann wird sie etwas ahnen. Vielleicht wäre es das Beste, ihr einfach die Wahrheit zu sagen. Meine Familie wird mich dann zwar für eine Weile verstoßen und Juliette wird nicht mehr mit mir sprechen, aber irgendwann wird sich alles beruhigen", sagte Minou. David überlegte einen Moment.

„Bist du bereit, einen so harten Weg zu gehen?", fragte er Minou.

„Ja, David, das bin ich!", antwortete Minou. Dann umarmten und küssten sie sich. Eine wohlige Wärme durchströmte ihre Körper. Etwas später zündete David sich eine Zigarette an und stand auf.

„Ich glaube kaum, dass Juliette einer Annullierung unserer Ehe zustimmen würde. Schon gar nicht, weil ich sie mit ihrer eigenen Schwester betrogen habe. Eine Scheidung würde mich einen Haufen Geld kosten!", gab David Minou zu bedenken. Minou stand auf und umarmte David von hinten.

„Ich weiß. Aber wir können es uns leisten, vertrau mir", sagte Minou.

„Bist du sicher? Ich habe keine Lust mein ganzes Hab und Gut zu verkaufen, nur um eine Scheidung zu bezahlen", sagte David.

Minou drehte David zu sich um und sagte: „Ich habe ein volles Bankkonto, zwei Boutiquen und mir gehören zur Zeit 25% unserer Firma. Das reicht doch wohl, oder?", fragte Minou.

„Das reicht", antwortete David und umarmte Minou.

‚Was ist sie nur für eine Frau?', fragte sich David. Er wusste, dass Minou alles tun würde, um ihn für sich zu behalten. Sie war bereit, alles zu opfern und ganz bei Null anzufangen, wenn es sein musste.

„Wie sollen wir es ihr sagen?", fragte David. Minou ließ von David ab und strich sich durch ihr Haar.

„Wir könnten in mein Haus ziehen, falls du dich für mich entscheidest", sagte Minou.

„Wo ist dein Haus?", fragte David.

„In Nizza. Ich gebe dir die Adresse", antwortete Minou.

„Aber Juliette darf niemals erfahren, dass wir zusammen hier waren. Das würde alles noch schlimmer machen!", fügte Minou hinzu.

„Ja, ja. Das ist richtig", sagte David zustimmend.

150

„Aber du musst dich bald entscheiden, mein Schatz. Ich bin keine Hure, die man sich nehmen kann, wann man will, verstehst du?", fragte Minou mit ernstem Blick. David nickte.

Nachdem sie den Tisch abgeräumt und sich frisch gemacht hatten, machten sie einen erholsamen Spaziergang. Arm in Arm streiften sie durch die riesigen Felder der Provence. Der Himmel war strahlend blau.

Später gingen sie zum Landhaus zurück. Als sie gerade im Wohnzimmer angekommen waren und sich hingesetzt hatten, hörten sie einen Wagen vor dem Haus halten. Dann klopfte es an der Tür.

„Wer kann das sein?", fragte David Minou verwundert.

„Ich habe keine Ahnung", antwortete Minou und stand auf. Sie ging zur Tür und öffnete sie. Es war Juliette!

„Dacht ich's mir doch", sagte Juliette mit überraschend gelassener Stimme. „Darf ich vielleicht hereinkommen, in mein Haus?", fragte sie Minou mit ironischem Unterton. Minou öffnete ihr weit die Tür und sagte kein Wort. Juliette ging auf David zu und setzte sich ihm gegenüber auf die Couch.

„Gut geschlafen, mein Schatz?", fragte sie David mit verschränkten Armen. Ihre Beine waren übereinander geschlagen.

„Ja, schon. Aber woher wusstest du...?", fragte David erstaunt.

„Ich hatte überhaupt keine Ahnung. Bis ich rein zufällig bemerkte, dass der Schlüssel für das Haus fehlte. Dann bist du auch noch ohne deinen Wagen auf Geschäftsreise gegangen. Und dann rief merkwürdigerweise auch noch meine geliebte Schwester an und nicht du. Als Claire mir dann auch nicht genau sagen konnte, wo du steckst, brauchte ich nur eins und eins zusammen zu zählen", sagte Juliette.

„Juliette, ich...", wollte David gerade sagen, als Juliette ihm ins Wort fiel: „Sag jetzt nichts, okay? Wie lange geht das schon mit euch beiden?", fragte Juliette und sah Minou vorwurfsvoll an.

„Wir haben uns auf eurer Hochzeit ineinander verliebt",

sagte Minou, denn dass sie schon vorher ein Verhältnis gehabt hatten, wollte Minou ihr nicht gestehen.

„Ist es was ernstes?", fragte Juliette David. David sah Minou fragend an und sie nickte ihm zu.

„Ja, Juliette. Es tut mir Leid. Es ist einfach so passiert, wir konnten nichts dagegen tun. Wir lieben uns. Es tut mir wirklich Leid, Juliette", sagte David.

Juliette stand auf und fluchte laut, aber gefasst: „Das darf nicht wahr sein, meine eigene Schwester hat mir den Mann ausgespannt!"

„Juliette, ich hatte nie vor, dir deinen Mann wegzunehmen. Das musst du mir glauben. Wie David schon gesagt hat, dass wir uns ineinander verliebt haben ist einfach passiert, es war Schicksal", erklärte Minou. Juliette zündete sich aufgeregt eine Zigarette an.

„Und wie soll es jetzt weitergehen, hm?", fragte Juliette.

„Ich weiß es nicht, ich weiß es wirklich nicht", antwortete David.

„Aber ich weiß es. Wenn du Minou wirklich liebst, dann kannst du mich nicht wirklich lieben, David, sonst wärst du nicht fremd gegangen! Ich werde unsere Ehe annullieren lassen und heute Abend holst du deine Sachen ab", sagte Juliette.

Wortlos drehte sie sich um und knallte die Haustür hinter sich zu. Dann fuhr Juliette mit Vollgas fort. Jetzt brauchte sie ihre Tränen nicht mehr zu verbergen und fing an, bitterlich zu weinen...!

„Ich möchte jetzt weg hier", sagte David aufgebracht zu Minou.

„Ist gut", sagte Minou und umarmte David. Eine halbe Stunde später fuhren sie los, zuvor hatten sie aber noch das Haus etwas sauber gemacht.

In Davids Kopf herrschte ein absolutes Gefühlschaos. Es ging ihm jetzt doch alles etwas zu schnell. David fuhr Minous Ferrari und zwar wie ein Verrückter.

„David!", schrie Minou ihn an, „halt an, sofort!" David bremste und fuhr an den Rand einer Serpentine. „Was ist los

152

mit dir?", fragte Minou.

„Tut mir Leid, ich weiß es nicht", antwortete David und stieg aus. Er zündete sich eine Zigarette an und lehnte sich gegen die Tür des schwarzen Ferrari. Minou legte ihren Kopf auf seine Brust.

„Ich finde es auch nicht schön, dass Juliette es so erfahren musste. Aber jetzt weiß sie, woran sie ist. Sie wird darüber hinweg kommen, glaub mir", sagte Minou.

„Bist du sicher?", fragte David skeptisch.

Minou sah ihn an und sagte: „Ganz sicher, Schatz!" Dann gab sie ihm einen zärtlichen Kuss.

Ein paar Stunden später hielt Minou mit ihrem Wagen vor dem Haus, in dem Juliettes Appartement war.

„Kommst du nachher zu mir?", fragte Minou.

„Ja", sagte David und gab ihr einen Kuss. Minou fuhr davon und winkte David noch einmal zu. David ging ins Haus und fuhr mit dem Fahrstuhl zum Appartement.

Er schloss die Tür auf und ging hinein. Juliette war nicht da. Die Situation bereitete ihm arges Unbehagen. Er fühlte sich schlecht. David setzte sich auf die Couch. Dann stand er wieder auf und fing an, das nötigste in seine Koffer zu packen.

Dass Juliette ihm nicht einmal eine Nachricht geschrieben hatte, selbst wenn sie vielleicht unfreundlich gewesen wäre, betrübte ihn.

‚Was soll's', dachte sich David und schrieb Juliette noch eine Nachricht auf der geschrieben stand:

Liebe Juliette!

Es tut mir Leid, dass du es so erfahren musstest. Den Rest lasse ich von einer Spedition abholen. Ich gebe dir dann rechtzeitig Bescheid.

Dein David

Dann verließ er das Appartement. Er lud zwei Koffer und eine Reisetasche in sein rotes Cabriolet ein und fuhr los. Er schaute auf den Zettel, auf dem Minous Adresse stand.

Er fuhr gerade die Avenue de la Californie entlang, als er plötzlich abbog und in einer kleinen Seitenstraße parkte. Er zündete sich eine Zigarette an und nahm einen tiefen Zug.

Dann fragte er sich: ‚Soll ich jetzt wirklich zu Minou fahren? Ich liebe sie zwar, aber will ich überhaupt wieder eine feste Beziehung? Oder wäre es besser, frei zu bleiben?'

Dann fuhr er los. Aber nicht zu Minou, sondern zum Yachthafen von Nizza. Dort lag die *Chantelle*, Rons Yacht. Von weitem sah er die Salontür zum Heck der Yacht offen stehen. Er schloss das Verdeck des Cabriolets, nahm eine Reisetasche und ging zur *Chantelle*. Vom Pier aus ging er die lange Gangway hoch auf die Yacht.

Er ging durch die Salontür und fragte: „Ron, bist du da?"

„Ja. Bist du es, David?", rief eine Stimme vom unteren Deck aus.

„Ja", sagte David.

„Nimm dir was zu trinken, ich komme gleich", rief Ron.

David stellte seine Reisetasche ab und schaute auf die Uhr. Es war kurz vor 18 Uhr. Er ging zum Kühlschrank der offenen Küche, nahm sich eine große Dose eiskaltes Bier heraus und lehnte sich gegen die Küche. Dann kam Ron die Wendeltreppe hoch.

„David, schön dich zu sehen", sagte Ron und wischte sich mit einem Handtuch den Schweiß von der Stirn. Er hatte Sportbekleidung an, denn er war gerade in seinem Fitnessraum gewesen. Dann sah er die große Reisetasche und fragte: „Nanu, bist du zu Hause rausgeflogen?"

„Könnte man so sagen", antwortete David und trank einen Schluck. Ron kam auf ihn zu, klopfte David auf die Schulter und nahm sich auch ein Bier.

Ron öffnete es, trank einen großen Schluck und sagte: „Komm, erzähl mir alles!" Dann setzten sich die beiden auf die helle Ledersitzgruppe des riesigen Salons. David erzählte ihm

154

alles!

„Das ist ziemlich dumm gelaufen! Aber früher oder später musste das ja so kommen!", sagte Ron lächelnd, aber vorwurfsvoll.

„Ja, du hast Recht", stimmte David ihm zu.

„Was wirst du jetzt tun? Willst du zu Minou? Oder zurück zu Juliette? Oder zu Cynthia? Oder willst du erst mal hier bleiben und nachdenken, hm?", fragte Ron.

„Wenn's dich nicht stört, bleibe ich erst mal hier", antwortete David.

„Quatsch, bleib so lange du willst! Ich habe doch Platz genug hier. Kopf hoch, David, das wird schon alles irgendwie werden", sagte Ron und lächelte ihm zuversichtlich zu. Plötzlich klingelte Davids Handy, doch er drückte den Anruf weg.

„Hast du Claire eigentlich Bescheid gesagt, dass du heute nicht kommst?", fragte Ron.

„Ja, na klar", antwortete David.

„Gut", sagte Ron, „denn du hast einen guten Job."

„Ich weiß", sagte David und prostete Ron zu.

David und Ron saßen noch stundenlang zusammen und plauderten über dies und das. Dutzende Male klingelte das Telefon, doch David ging nie ran!

Später ging Ron schlafen. Auch David ging in seine Kabine. Es war die gleiche, in der er mit Juliette die erste Nacht verbracht hatte. Aber nicht deswegen, sondern weil es einfach die schönste war. Nachdem er auch seine Koffer geholt und ausgepackt hatte, öffnete er die Tür nach draußen und setzte sich auf einen Deckstuhl aus Holz.

Er blickte auf den Sonnenuntergang, der im Meer schimmerte und genoss das leichte Schaukeln der Luxusyacht. Er war zwar im Moment nicht so ganz zufrieden mit seinem Leben, doch er fühlte sich frei.

Wenig später legte er sich in das große Bett in seiner Kabine und schlief ein. Währenddessen saß Minou wartend auf der Couch und Juliette weinte sich in den Schlaf...!

Am nächsten Morgen wurde er durch das Klingeln seines

Handys geweckt. An der Rufnummer im Display erkannte er, dass es Minou war und drückte den Anruf weg. Dann machte er sich frisch und ging nach oben. Ron war schon weg. David hatte keine Lust für sich allein Frühstück zu machen, also ging er in das Yachthafenrestaurant, um dort zu frühstücken. Er bestellte sich ein ordentliches Frühstück, dass er von einer adretten Blondine serviert bekam. Sie kannten sich bereits, denn David war früher öfter in dem Restaurant gewesen.

Er genoss sein Frühstück, während er auf den Yachthafen und die vielen bildschönen Frauen blicken konnte, die sich dort tummelten.

Dann fuhr er los zur Arbeit. Sein Tag war normal, nicht außergewöhnlich stressig. Gegen 20 Uhr fuhr er dann wieder zur *Chantelle*. Er schloss die Glastür der Yacht auf und ging rein. Ron war noch nicht da, hatte David aber einen Schlüssel gegeben. David brachte seine Aktentasche in die Kabine und legte Sakko und Krawatte ab. Dann ging er zur Küche und nahm sich ein Glas Rotwein. Er setzte sich aufs große Achterdeck und schaute auf die Pier.

Es war ungewohnt, nicht von einer Frau erwartet zu werden und noch mehr, genau zu wissen, dass auch keine kommen würde, dachte sich David.

Aber er war nicht einsam. Viele Frauen gingen die Pier entlang und flirteten mit ihm. Viele kannte er gut, manche aber auch nicht. Die eine oder andere Dame flanierte immer wieder vorbei. Es war die Sorte Frauen, die sich einen Millionär angeln wollten. Sie konnten ja nicht wissen, dass David nur ein Gast war.

Aber David kannte diese Frauen genau und er schenkte ihnen keinerlei Beachtung. Ron hingegen hätte sie bestimmt an Bord gelockt...!

David beschloss, noch ein wenig an der Pier spazieren zu gehen. Er schloss die Glastür der Yacht ab und ging die Gangway hinunter. David versuchte wie schon so oft zu ergründen, wen er wirklich liebte. Langsam schlenderte er die Pier entlang und setzte sich dann in eine Bar, die direkt an der

156

Pier lag. Er wählte einen Platz, von dem aus er die Leute beobachten konnte und bestellte sich ein großes Bier. „Danke", sagte er zu der freundlichen Bedienung und lächelte ihr zu, als er es bekam. Sie war ein hübsches Ding. Eine junge Studentin, vermutete David. Sie war höchstens zwanzig Jahre alt, aber David schien ihr zu gefallen.

„Warten Sie auf jemanden, Monsieur?", fragte die Bedienung höflich, während sie den Tresen abwischte.

David schüttelte den Kopf und sagte: „Nein, eigentlich nicht."

„Sie sehen nicht so aus, als ob Sie allein sein müssten, Monsieur", sagte die junge Frau.

„Nein, müsste ich eigentlich nicht, ist aber gut so", sagte David und lächelte.

„Verstehe", sagte die junge Frau und drehte sich weg.

„Nein, so habe ich das nicht gemeint. Sie stören mich nicht, falls Sie das denken. Im Gegenteil...!", sagte David.

Die junge Frau war wirklich sehr attraktiv. Sie war groß, hellblond und hatte Naturlocken. Ihre Augen waren blau. Ihre Haut knackig braun. Sie trug an ihrem sportlichen Körper ein rotes Top und weiße Shorts mit weißen Turnschuhen dazu. Sie war tatsächlich eine Studentin – und bestimmt Skandinavierin!

„Noch ein Bier, Monsieur?", fragte die junge Frau.

„Ja, gerne", antwortete David.

Wenige Minuten später brachte sie das Getränk und sagte: „Bitte sehr, Monsieur."

David lächelte und sagte: „Danke. Du kannst mich ruhig David nennen."

„Okay. Ich heiße Merrit", sagte die junge Bedienung.

„Freut mich", sagte David und reichte ihr die Hand. Dabei entdeckte er einen Freundschafts- oder Verlobungsring an ihrer linken Hand.

„Arbeitest du schon lange hier?", fragte David.

„Schon fast zwei Jahre. Ich verdiene mir etwas dazu – für mein Studium", antwortete Merrit.

„Was studierst du?", fragte David.

„Medizin", antwortete Merrit.

„Du bist Skandinavierin, richtig?", fragte David.

Merrit lächelte. „Ja, das stimmt. Ich bin Schwedin. Woher weißt du das?", fragte sie.

„Ich hab's mir eben gedacht", sagte David. „Aber warum studierst du hier und nicht in Schweden?", fragte er.

„Ich bin hier groß geworden. Meine Eltern sind nach St. Tropez gezogen als ich 8 Jahre alt war. Und mir gefällt es hier auch besser", antwortete Merrit. Merrit fragte ihn nicht gleich nach seinem Beruf. Das gefiel ihm.

„Darf ich fragen, wie alt du bist?", fragte sie.

„Ich bin 33 Jahre alt", antwortete er.

„Ups", sagte Merrit. „Du siehst gar nicht so alt aus. Ich bin übrigens 22. Wie lange wirst du noch hier bleiben?", fragte Merrit.

„Ich weiß nicht. Warum?" fragte David.

„Nur so", sagte Merrit lächelnd.

„Willst du mich etwa entführen? Du hast doch einen Freund, oder?", fragte David.

„Ja, stimmt. Aber erstens studiert er in Paris und zweitens bin ich ihm treu! Ich dachte wir gehen einfach ein bisschen spazieren. In 20 Minuten habe ich Schluss", antwortete Merrit.

„Gut, ich habe auch Lust auf ein paar Schritte. Und in so charmanter Begleitung erst recht", sagte David und zündete sich eine Zigarette an.

Dann war Merrits Schicht an der Bar zu Ende. Sie hatte sich einen weißen Wickelrock aus Leinen umgebunden und trug noch einen weißen Rucksack. Obwohl sie schon eine richtige Frau war, wirkte sie durch die Kleidung noch fast jugendlich.

„Steht dir gut, der Rock", sagte David und stand vom Barhocker auf. „Wohin gehen wir?", fragte er.

„Vielleicht einfach an der Promenade entlang?", fragte Merrit.

„Gute Idee", antwortete David. Zunächst gingen sie nebeneinander. Doch einige Minuten später ertastete Merrit vorsichtig Davids starke Hand und hielt sie fest.

Es war kein Vaterinstinkt, der Merrit so begeistert von David machte. Er sah sehr viel jünger aus als 33 und war ein legerer, erfahrener Mann, nicht so kindisch wie viele junge Männer in Merrits Alter noch waren.

„Ist es dir peinlich, mit mir Hand in Hand zu gehen?", fragte sie David.

„Quatsch. Warum sollte es? Du bist doch eine außergewöhnlich hübsche Frau! Ich bin sogar stolz darauf", antwortete David.

„Du bist süß", sagte Merrit und sah David mit ihren großen blauen Augen an. Dann blickte sie etwas verlegen auf den Boden.

„Wollen wir uns dort vorne einen Augenblick setzen?", fragte David und zeigte auf eine Bank.

„Ja, gern", antwortete Merrit und sie setzten sich hin.

„Es ist schön, hier mit dir zusammen", sagte David. „Aber ich will ehrlich sein. Ich bin noch verheiratet."

„Wieso noch?", fragte Merrit neugierig.

„Ich bin fremdgegangen und meine Frau hat sich deswegen von mir getrennt", antwortete David.

„Das tut mir Leid, aber da hast du wohl selbst Schuld! Aber ich finde es gut, dass du ehrlich bist", sagte Merrit und lächelte David zu. „Wohnst du noch bei ihr?", fragte sie.

„Nein, ich bin gestern ausgezogen. Jetzt wohne ich vorübergehend auf der Yacht meines Freundes", antwortete David.

„Liegt sie hier im Hafen?", fragte Merrit.

„Ja, es ist die *Chantelle*", antwortete David.

„Ein stolzes Schiffchen", sagte Merrit.

„Ja", sagte David.

„Ich habe Durst. Komm, wir holen uns etwas zu trinken, ja?", fragte Merrit.

„Wo denn?", fragte David.

„Ich zeig's dir, komm", sagte Merrit und nahm ihn bei der Hand. Sie gingen wieder in Richtung Yachthafen zurück. David und Merrit gingen zu der Pier der Megayachten, an der auch die *Chantelle* lag.

„Wo willst du hin?", fragte David neugierig.

„Auf das Boot meines Vaters", antwortete Merrit und zeigte auf die *Kira from Sweden*.

‚Wie bescheiden sie ist', dachte sich David. Die *Kira* war eine der größten Yachten im Hafen – über 40 Meter lang.

„Es ist eine phantastische Yacht", sagte David.

„Ja, nur etwas zu groß, finde ich", sagte Merrit lächelnd. Sie gingen die riesige Gangway am Heck des Schiffes hinauf zum Achterdeck. Es war so groß, dass mindestens 30 Personen Sitzplätze auf den weißen Ledergarnituren Platz gefunden hätten.

„So groß habe ich sie mir nicht vorgestellt", sagte David erstaunt. Ein Bootsmann lächelte und öffnete die Salontür.

„Danke", sagte Merrit und ging mit David hinein. „Wie wär's mit einem kühlen Bier?", fragte Merrit.

„Hört sich gut an", sagte David und lächelte. Merrit ging zu der riesigen Bar, die mit sündhaft teurem Vogelaugenahorn furniert war.

„Wollen wir draußen sitzen, David?", fragte sie, während sie zwei große Biere zapfte.

„Ja, gern", antwortete David.

„Dann komm, wir gehen hoch", sagte Merrit lächelnd. Sie gingen 3 Wendeltreppen hoch, bis sie das riesige Sonnendeck erreichten. Von dort aus konnte man fast den ganzen Yachthafen überblicken, denn sie standen von der Wasseroberfläche aus auf einer Höhe von über 10 Metern. „Setz dich doch", sagte Merrit und stellte ihm das frisch gezapfte Bier hin.

„Danke", sagte David und lächelte Merrit zu.

„Gern geschehen", sagte Merrit und lächelte ihm mit verliebtem Blick zu. Dann tranken beide einen kräftigen Schluck.

„Es ist schön, dass ich dich getroffen habe", sagte David.

„Ja, ich freue mich auch. Ich glaube, du bist anders als die

160

meisten Männer. Du stellst nicht so viele Fragen. Ich hatte zwar noch nicht oft Besuch von Männern hier, aber wenn, dann hat jeder gleich gefragt: ‚Wie viel hat die Yacht gekostet? Deine Eltern müssen ja Geld haben‘, und so weiter und so fort", sagte sie abwertend.

„Geld ist für mich nicht wichtig", sagte David und meinte es auch ehrlich.

„Für mich auch nicht", sagte Merrit lächelnd.

„Darf ich?", fragte David und zog sein silbernes Zigarettenetui aus der Hemdtasche.

„Ja, klar. Gibst du mir auch eine?", fragte Merrit. David hielt ihr das Etui hin und sie nahm sich eine Zigarette heraus.

„Danke dir", sagte sie, nachdem David ihr noch Feuer gegeben hatte.

„Wohnst du hier in Nizza?", fragte David.

„Ja, ich habe hier eine kleine Wohnung gemietet. Aber im Sommer schlafe ich auch oft hier an Bord", antwortete Merrit. „Ich liebe das Meer, weißt du?"

„Dann haben wir ja etwas gemeinsam, ich nämlich auch", sagte David. „Aber ich besitze leider kein Boot."

„Muss man ja auch nicht, wenn man Freunde hat, die eines haben, oder?", fragte Merrit.

„Da hast du Recht", antwortete David.

„Hast du Lust auf eine kleine Spritztour, oder hast du keine Zeit mehr?", fragte Merrit.

„Doch, warum?", fragte David.

„Ich habe ein Sportboot ganz in der Nähe, wenn du Lust hast. Es ist zwar nichts besonderes, aber es ist schnell", sagte Merrit.

„Okay", sagte David und lächelte. Sie gingen von Bord. Nach etwa 10 Minuten Fußweg kamen sie an den Sportboothafen. Jeder, der Merrit von seinem Boot aus sah, grüßte sie förmlich überfreundlich, so als ob eine Prinzessin eine Stippvisite machen würde. Aber Merrit blieb locker und freundlich. Sie gingen wieder Hand in Hand. Dann kamen sie an den Liegeplatz.

161

„Das ist es", sagte Merrit. Es war aber kein Sportboot, sondern eher ein luxuriöses Powerboot, das sicher über 100.000 Euro wert war.

„Ein schönes Boot und ein schöner Name", sagte David anerkennend. Das Schiff hieß *Little Toy*. Sie stiegen auf das Schiff und knöpften zusammen die Persenning ab, um damit fahren zu können. Dann verstauten sie es in einem Staufach unter einer Sitzbank.

„Setz dich, wir wollen los", sagte Merrit und setzte sich auf den weißen Fahrersitz, einen Drehsessel. Sie startete den Motor. Das starke Geräusch war Musik in Davids Ohren. „Toller Klang", sagte David.

„Mmh", lächelte Merrit und legte vom Liegeplatz ab. Da Merrits Schiff den äußersten Platz von der Pier entfernt besaß, waren sie nach etwa 2 Minuten schon im Küstengewässer.

„Halt dich fest", sagte Merrit zu David. Und er tat es, denn es war wirklich nötig. Das Schiff flog nur so über das Wasser! David saß links neben ihr und drehte sich zu ihr um. Ihre blonden Naturlocken wehten im Fahrtwind. Den Wickelrock hatte sie ausgezogen und wieder nur ihre weißen Shorts an. Er betrachtete ihre makellosen, braungebrannten Beine und ihre zarten Füße. Ihre Brüste waren eng in ihr rotes Top gepresst. Sie sah wunderschön aus...! Dann nahm sie das Gas weg und das Boot glitt nur noch dahin.

„Kannst du fahren?", fragte Merrit.

„Ja", antwortete David.

„Gut, dann fahr bitte. Ich bin gleich wieder da, ja?", fragte Merrit.

„Ist gut", antwortete David. David fuhr los und Merrit verschwand in der Kajüte. Es machte David riesigen Spaß, doch er fuhr eher behutsam, denn er wollte nicht, dass Merrit in der Kajüte hinflog. Dann kam sie wieder hoch.

„Da bin ich wieder. Fährst du da drüben hin?", fragte Merrit und zeigte auf eine kleine Bucht.

„Mach ich", sagte David. Etwa 3 Minuten später erreichten sie die Bucht.

162

„Da vorne ankern wir, ja?", fragte Merrit und zeigte auf eine Boje, die etwa 30 Meter vom Strand entfernt lag.

„Ist gut", sagte David und lächelte. Dann hielt er das Boot an und ließ den Anker herunter.

„Du kennst dich gut aus", sagte Merrit.

„Ich komme zurecht", sagte David bescheiden.

Merrit lächelte David zu und sagte: „Setz dich." Dann ging sie in die Kajüte hinunter und holte zwei kalte Dosen Bier und zwei Sandwiches hoch. David war begeistert.

„Du kannst wohl meine Gedanken lesen", sagte er, denn er hatte auch gerade Hunger bekommen. Sie setzten sich in die Sitzecke des Decks und Merrit stellte das Tablett auf den Tisch.

„Guten Appetit", sagte Merrit, die ihm gegenüber saß.

„Danke, das wünsche ich dir auch", sagte David und lächelte Merrit zu. Es war jetzt kurz nach 21 Uhr, aber es war immer noch hell.

Als schließlich beide ihr Sandwich aufgegessen hatten, rauchten sie entspannt eine Zigarette. David genoss die Idylle. Das Schiff schaukelte gemütlich im klaren, türkisblauen Wasser der Bucht hin und her und er bewunderte die Natürlichkeit, die Merrit ausstrahlte.

„Es könnte sein, dass ich mich in dich verliebe", sagte Merrit, als sie gerade ihre Zigarette ausdrückte. David lehnte sich zurück, sah ihr tief in die Augen und lächelte. Merrit rückte jetzt näher an David heran.

„Was wäre wenn? Wäre ich dir dann zu jung?", fragte Merrit und blickte ihm erwartungsvoll in die Augen.

David schüttelte den Kopf und sagte: „Nein."

In Wirklichkeit war es schon längst um Merrit geschehen. Plötzlich umschlang sie blitzschnell seinen Hals und küsste ihn zärtlich. David spürte ihre weichen Lippen und ihre warme Zunge. Merrit sah David tief in die Augen, während sie ihn küsste. David war nicht abgeneigt, denn er konnte natürlich spüren, dass Merrit noch jung und zart war. Aber er wollte ihr nicht gleich alles abverlangen, deshalb streichelte er nur sanft die zarte Haut ihres Oberschenkels und ihren Rücken. Sanft küsste

163

er ihren Hals. Dann kämpfte er sich langsam zu ihrem Ohr vor und küsste es. Merrit war im siebten Himmel.

„So wie du hat mich noch keiner geküsst, David", sagte sie. Dasselbe hätte er auch von ihr sagen können! Obwohl David spürte, dass Merrit mehr wollte, tat er so, als wäre er zufrieden. Sie war zwar sicherlich kein Unschuldslamm, aber sie war für ihn etwas Besonderes. Sollten sie sich wiedersehen, so würde er diese Geduld bestimmt belohnt bekommen, dachte David.

Als es anfing zu dämmern, fuhren sie zurück. Während Merrit fuhr, umarmte David sie schützend von hinten und legte seinen Kopf auf ihren. Ihr lockiges Haar duftete nach teurem Shampoo und Salz.

„Soll ich dich an der *Chantelle* absetzen?", fragte Merrit.

„Warum nicht, ja", antwortete David. Kurze Zeit später erreichten sie die *Chantelle* und fuhren zur Badeplattform der Yacht, um dort festzumachen. Ron hörte das Motorengeräusch und kam aus dem Salon heraus. Er schaute auf die Badeplattform und ging hinunter.

„Hallo Ron", sagte David.

„Ah, da bist du ja. Kleinen Ausflug gemacht?", fragte er.

„Ja", sagte David.

Ron hob die Hand und sagte: „Hallo", zu Merrit.

„Hallo", sagte auch Merrit. Die beiden kannten sich vom Sehen. Dann beugte sich David zu Merrit herüber und küsste sie, während sie eine Hand am Steuerrad hatte.

„Sehen wir uns wieder?", fragte Merrit.

„Ja", nickte David zuversichtlich.

„Es war schön mit dir, David", sagte sie.

„Es war ein wunderschöner Abend", sagte David und gab ihr einen Kuss. „Wer hilft dir eigentlich gleich beim Anlegen am Liegeplatz?", fragte er.

„Da mach dir mal keine Sorgen", grinste Merrit frech. David ging von Bord. Als Merrit wegfuhr, winkte er ihr noch zu. Dann ging er mit Ron in den Salon.

„David, David", sagte Ron und klopfte ihm auf die Schulter. „Die Frauen machen es einem nicht leicht, oder?"

„Nein", sagte David und lächelte.

„Diesmal hast du dir aber ein Juwel geangelt, mein Lieber. Es gibt in diesem Yachthafen wohl keinen Mann, der nicht auf die Kleine scharf ist."

„Kleine. Von wegen Kleine", sagte David. „Sie weiß ganz genau, was sie will."

„Und sieht verdammt gut aus", fügte Ron hinzu. David lachte zustimmend.

„Aber heirate nicht gleich wieder", sagte Ron lachend.

„Sehr witzig", sagte David. David und Ron verbrachten noch eine Stunde im Salon, bevor jeder ins Bett ging. David schlief erst spät ein, denn seine Gedanken kreisten nur noch um Merrit...!

So vergingen einige Tage, bis endlich Wochenende war. Oft hatte David an Juliette und Minou gedacht, doch bei keiner von beiden hatte er sich gemeldet.

Es war Sonnabend Morgen, als David gegen 10 Uhr in der Kabine in Rons Yacht aufwachte. Er schaute durch die Jalousien auf den Hafen. Es war ein sonniger Tag. David machte sich frisch und ging nach oben in den Salon.

Dort machte er sich Frühstück. Er frühstückte allein, denn Ron schlief noch tief und fest. Am Vorabend hatte Ron nämlich ein paar Frauen an Bord eingeladen gehabt. David jedoch hatte sich für keine von ihnen interessiert. Er musste immerzu an die süße Merrit denken. Er wollte sie unbedingt wiedersehen, obwohl er wusste, dass sie einen festen Freund hatte. David hatte sich Hals über Kopf in die junge, attraktive Frau verliebt...!

Nach dem Frühstück ging David zu Fuß in die Innenstadt, um ein wenig zu shoppen. Nachdem er sich eine Hose und ein Hemd gekauft hatte, beides in schwarz, setzte er sich ins *Palm Beach*, ein Szene-Straßencafé, um einen Cappuccino zu trinken. Er hatte Glück, denn es war nur noch ein einziger Tisch frei gewesen. Etwa 10 Minuten nachdem er seinen Cappuccino bestellt hatte, brachte der Kellner ihn.

‚Ich rufe sie einfach an‘, dachte sich David und wählte die Nummer von Merrit. Die beiden hatten an Bord der *Little Toy* ihre Telefonnummern ausgetauscht. Es klingelte ziemlich lange, bis Merrit endlich ran ging.

„Salut“, sagte Merrit mit ihrer süßen Stimme.

„Salut, hier ist David“, sagte er.

„David“, sagte sie lächelnd, „schön, dass du dich meldest. Ich habe eigentlich nicht damit gerechnet“, sagte Merrit.

„Warum nicht? Ich habe es doch versprochen, oder?“, fragte David.

„Ja, aber trotzdem war ich etwas skeptisch“, sagte sie.

„Danke, sehr nett von dir“, sagte David lachend.

„Wie geht's dir?“, fragte David.

„Gut“, antwortete Merrit. „Und dir?“

„Auch gut. Aber wenn wir uns sehen könnten, würde es mir noch besser gehen“, antwortete David.

„So, so“, sagte Merrit ironisch. „Du hast also doch manchmal an mich gedacht“, sagte Merrit.

„Ja, sehr oft“, sagte David.

„Ich habe auch oft an dich gedacht. Wann können wir uns sehen?“, fragte sie.

„Ich bin gerade noch in der City, im *Palm Beach*. Aber sonst kann ich fast jederzeit“, antwortete David.

„Ich wohne nur zwei Minuten vom *Palm Beach* entfernt. In zehn Minuten bin ich bei dir. Ich muss mich noch etwas hübsch machen“, sagte Merrit.

„Hast du gar nicht nötig. Beeil dich, ja?“, sagte David.

„Mach ich, also bis gleich“, sagte Merrit und legte auf. David starrte wartend auf die Fußgängerzone und suchte Merrit. Dann sah er sie. Bildschön, hob sie sich deutlich von der Menge ab.

‚Wow‘, dachte sich David, als er sie entdeckte. Wieder trug sie ihre lockigen, blonden Haare offen, doch diesmal hatte sie einen kurzen, weißen Rock und eine hochgebundene, hellblaue Bluse an. Ihr Bauch war frei und sie trug schwarze Stöckelschuhe und eine schwarze Sonnenbrille.

Als sie David entdeckte, winkte sie ihm schon von weitem zu

166

und David winkte zurück. Dann kam sie auf ihn zu. David stockte fast der Atem, so schön sah sie aus.

David legte seine Sonnenbrille auf den Tisch und lief ihr ein paar Schritte entgegen. Ohne ein Wort zu sagen, fielen sie sich in die Arme und küssten sich zärtlich. David spürte ihren wohlgeformten, warmen Körper an seinem. Er war glücklich darüber, sie endlich in seinen Armen halten zu können. Dann setzten sie sich. Die vielen Frauen, die David im Café schon vorher angehimmelt hatten, erblassten vor Neid! Merrit merkte das natürlich, sagte aber nichts und freute sich einfach darüber, dass sie ihn hatte.

„Du siehst großartig aus, wirklich", sagte David und küsste Merrit sanft die Hand. Sie trug keinen Nagellack, sondern hatte ihre langen Fingernägel einfach nur schön zurechtgefeilt.

„Was möchtest du trinken?", fragte David.

„Ich nehme ein Wasser, für Cappuccino ist es mir zu heiß", antwortete Merrit. David bestellte ihr ein Wasser.

„Weißt du eigentlich, dass du mir total den Kopf verdreht hast?", sagte sie zu David.

„Mir geht es genauso. Ich hatte eigentlich nicht vor, mich in meiner Situation so schnell wieder zu verlieben, aber ich konnte nichts dagegen machen", sagte David und blickte Merrit tief in die Augen. Dann führte er seinen Mund zu ihrem und küsste ihre Lippen. Sie waren beide unsterblich ineinander verliebt. David fühlte sich in Merrits Nähe jung und frisch, obwohl er mit seinen 33 Jahren ja eigentlich noch in den besten Jahren war. Merrit strahlte ihn mit ihren großen blauen Augen an, die wunderbar aus ihrem braungebrannten Gesicht herausfunkelten.

„Wozu hast du jetzt Lust?", fragte er Merrit, als sie ihr Wasser ausgetrunken hatte. Sie stützte ihren Kopf auf ihren Handrücken und schlug elegant ihre knackigen Beine übereinander.

„Weiß nicht. Hast du Lust, schwimmen zu gehen?", fragte Merrit.

„Ja, gute Idee. Ich müsste mir nur noch meine Badehose holen", sagte David.

„Dann lass uns doch erst kurz zu mir gehen, damit ich mir auch meine Badesachen holen kann und dann fahren wir kurz zu dir, okay?", fragte Merrit.

„Okay, so machen wir's", antwortete David. Dann bezahlte er. David und Merrit standen auf und gingen Arm in Arm durch die Fußgängerzone. Nach wirklich nur 2 Minuten kamen sie zu einem edlen Altstadtpalais.

„Hier wohne ich", sagte Merrit.

„Ein schönes Haus und gut gelegen", sagte David.

„Ja, finde ich auch. Komm", sagte Merrit. Sie gingen eine Treppe hoch und standen dann vor ihrer Haustür. „Ich muss dich warnen, es ist nicht besonders aufgeräumt. Auf Besuch war ich nämlich nicht eingestellt, weißt du?", entschuldigte sich Merrit.

„Macht mir nichts aus", sagte David lächelnd.

Merrit schloss auf und sie gingen hinein. Es war eine stilvolle, geräumige 3-Zimmer-Wohnung. Ein Zimmer war ein Arbeitszimmer, voll mit Büchern für ihr Studium. Die Farben weiß und himmelblau dominierten das maritime Ambiente.

„Du hast wirklich eine schöne Wohnung", sagte David anerkennend.

„Danke. Setz dich doch. Willst du schnell noch etwas trinken?", fragte Merrit.

„Nein danke, im Moment nicht", antwortete David.

Merrit gab ihm einen kleinen Kuss und sagte: „Okay, bin gleich wieder da." Dann verschwand sie im Schlafzimmer. Ein paar Minuten später kam sie wieder heraus. Über ihren hellblauen Bikini hatte sie rosa Hotpants gezogen und sie trug rosa Espadrilles. Um die Schulter trug sie eine Strandtasche. „So, wollen wir?", fragte sie und lächelte kess.

„Du siehst zum Anbeißen aus", sagte David. Ihm lief bei dem Anblick schon das Wasser im Mund zusammen und er konnte es kaum erwarten, Merrit nur im Bikini zu sehen. Aber er riss sich zusammen.

Dann gingen die beiden zur *Chantelle*. David schloss die Glastür auf und sie gingen hinein.

„Eine schöne Yacht hat dein Freund", sagte Merrit.

„Ja, ich wünschte, es wäre meine", sagte David und lächelte.

„Wo hast du deine Sachen?", fragte Merrit.

„Unten in der Kabine. Kommst du kurz mit?", fragte David.

Sie gingen hinunter in Davids Kabine. Merrit setzte sich aufs Bett und David ging zum Kleiderschrank. Er zog sich nackt aus, mit dem Rücken zu Merrit gedreht. Während David sich schwarze Badeshorts überstreifte, bewunderte Merrit seinen drahtigen Körper.

„Du hast einen süßen Po", sagte Merrit. David hatte gerade seine Shorts hochgezogen und drehte sich zu ihr um.

„Danke", sagte David und lächelte charmant. Dann ging er zum Bett und zog sich helle Shorts und ein weißes Hemd über. Die Sachen hatte er herausgeholt, bevor er sich ausgezogen hatte. „So, fertig", sagte er.

„Komm zu mir", sagte Merrit leise und lustvoll. David ging zu ihr und stand direkt vor ihr. Sie zog David zu sich herunter und umarmte ihn. Dann küsste sie ihn hingebungsvoll und leidenschaftlich.

Als er merkte, dass Merrit immer wilder wurde, fragte er: „Wollen wir erst mal schwimmen gehen?" Merrit stöhnte.

„Ach ja, hätte ich fast vergessen", sagte sie mit lüsternem Blick. Sie verließen die *Chantelle* und gingen zum Sportboothafen. Einige Minuten später startete der Motor der *Little Toy* und Merrit brauste hinaus aufs Wasser. Sie fuhren wieder zu der Badebucht, in der sie auch das letzte Mal gemeinsam gewesen waren und gingen dort vor Anker.

Merrit streifte langsam ihre rosa Hotpants herunter. David sah sie an. Merrit war nicht vollbusig, hatte aber wohlgeformte, feste Brüste in schöner Form. Durch ihren Bikinitanga lugte ihr zarter Venushügel hervor.

„Du bist eine außergewöhnliche Frau", sagte David zu ihr.

„Das hast du bestimmt schon vielen Frauen erzählt, oder?", fragte Merrit. David stand auf und legte seine Hände an ihre Taille.

„Kann sein, aber wenn, dann war es ernst gemeint. Genau

wie ich es jetzt ernst meine, okay?", sagte David.

„Okay", sagte Merrit und küsste ihn zärtlich. David zog sich rasch Hemd und Shorts aus. Dann sprangen beide Hand in Hand ins warme, türkisblaue Meer. Sie schwammen ein paar Minuten, dann schwamm Merrit in Richtung Boot zurück und stieg die Badeleiter hinauf zur Badeplattform. David schwamm hinterher und hielt sich dort fest.

„Was ist?", fragte David.

„Nichts. Ich habe nur im Moment keine Lust mehr zu schwimmen", sagte Merrit mit lüsternem Blick.

„Na gut, dann plaudern wir ein bisschen", sagte David und lächelte höhnisch. Plötzlich stand Merrit auf, öffnete ihr Bikinioberteil und warf es an Bord. David verstand sehr wohl diese Nachricht...! Er stieg auf die Badeplattform und umarmte Merrit. Er spürte ihren nassen, hauchzarten Körper als er sie behutsam und sehnsüchtig küsste. Ihre Brüste waren erregt und sie hechelte leise.

„Komm", sagte Merrit und nahm ihn bei der Hand. Sie gingen hinunter zur Kajüte. Neben einer Sitzecke, einer Küche und einem Waschraum war dort auch ein Bett. Es war vorne im Bug des Schiffes. Merrit zog die Jalousie der großen Glasluke zurück und der Raum wurde hell.

Dann legte sie sich erwartungsvoll in dem komfortablen Bett auf den Rücken. Das Schiff schaukelte sanft und die Wellen plätscherten gegen das Schiff. David legte sich neben sie und begann zärtlich ihr Gesicht und ihr Haar zu streicheln. Mit großen, offenen blauen Augen lag sie da. Ihr Mund war nass und geöffnet. Er küsste sanft ihr Gesicht, ihren Mund und ihren Hals. Merrit begann zu beben!

Dann küsste er ihre schönen Brüste und streichelte sanft ihren knackigen Po. Er zog ihren Bikinitanga herunter und streifte ihn sanft ab. Behutsam wanderten seine Lippen zu ihrem Bauchnabel. Er sah, wie sich die zarten goldenen Haare an ihrem Bauch vor Erregung aufstellten. Dann küsste er Merrits Venus und spreizte sanft ihre Schenkel. David liebkoste ihre Venus!

170

Merrit spürte die Erfahrung, die David in dieses Liebesspiel einfließen ließ. Aber es schreckte sie nicht ab, denn David ergründete jene empfindlichen Punkte ihres Körpers, welche an anderen Männern stets unbeachtet vorübergezogen waren!

„David", stöhnte sie. „Du machst mich verrückt. Ja, mach weiter", sagte Merrit. Als sie kurz vorm Höhepunkt war, hörte David auf und küsste ihren weichen Mund. Gierig trank sie von seinen Lippen, so als würde sie nicht mehr wissen, was sie tat!

Dann wanderten Davids Lippen wieder herunter zwischen ihre Schenkel. Er wollte die süße Merrit nicht länger quälen. Doch er tat es, denn Merrit bekam den schönsten Höhepunkt ihres Lebens...! Und den längsten...!

Merrit biss sich an Davids Lippen fest, als er sie küsste, während sie kam. Sie stöhnte und wand sich hin und her. Sanft streichelte seine Hand ihre Schenkel, die Merrit zuvor erlöst hatte. Dann umarmte sie David und sah ihn überglücklich an.

„David", sagte sie leise.

„Ja", sagte David.

„Das war das Schönste, das ich je erlebt habe", sagte Merrit lächelnd, obwohl sie immer noch nicht ganz bei sich war.

„Das sollte es auch sein", sagte David und küsste sie tief und innig.

„Was ist mit dir?", fragte sie.

„Ich bin das nächste Mal dran, okay?", sagte David.

„Okay", sagte Merrit. Sie war zwar gierig auf David, war aber auch sehr erschöpft. Für David war es gewiss nicht leicht zu verzichten. Aber er wusste, dass Merrit es wert war und es ihm danken würde...!

Dann lagen sie eine ganze Weile nebeneinander und hielten sich in den Armen. David war glücklich. Merrit war so anders. Jung, attraktiv und trotz ihres Vermögens normal. Eine Frau, mit der man Pferde stehlen konnte, wenn es darauf ankam.

„David, meinst du es könnte etwas ernstes werden mit uns?", fragte Merrit.

„Ja, ich glaube schon. Wir passen doch gut zusammen, oder nicht?", fragte David.

Merrit streichelte seine Wange und sagte: „Und ob."

„Weißt du, ich habe keine Lust mehr auf Affären und dergleichen. Ich brauche eine Frau, die mich versteht und mit der ich glücklich werden kann. Eine Frau, die in der Lage ist, mir alles zu geben, was ich brauche! Dann brauche ich auch keine anderen, verstehst du?", fragte David.

„Ja, ich glaube schon", antwortete Merrit. „Also muss ich erst mal herausfinden, was du brauchst." David nickte.

„Bisher hat das noch niemand herausgefunden", sagte er.

„Ich schaffe es", sagte Merrit überzeugt und lächelte David an. Und David war sich sicher, dass sie es wirklich schaffen würde. Wenige Minuten später rauchte sie eine Zigarette auf dem Achterdeck. Später fuhren sie zurück in Richtung Yachthafen. Sie fuhren gerade in die Hafeneinfahrt, als eine Yacht ziemlich dicht an ihnen vorbeifuhr.

„Die kann wohl nicht richtig fahren", fluchte Merrit und drehte etwas ab. David blickte zum Steuerrad des anderen Schiffes und sah Minou! Es war purer Zufall, dass Minou gerade in diesem Moment auslief. Aber David konnte sie genau erkennen, denn höchstens 10 Meter trennten ihre Blicke.

Als Minou David an der Seite der jungen, attraktiven Merrit sah, gab sie vor Wut Vollgas, obwohl es im Hafenbereich strengstens verboten war. David sah Minou hinterher. Sie drehte sich auch noch einmal zu ihm um.

Nachdem Merrit David an der *Chantelle* abgesetzt hatte, sprang David erst einmal unter die Dusche. Er hatte einen wunderschönen Nachmittag verbracht, mit einer wunderschönen Frau. Doch der kurze Blickwechsel mit Minou hatte seine Gefühle wieder völlig durcheinander gebracht!

David genoss die lauwarme Dusche in seiner Kabine. Er fühlte sich wie ein Gemälde auf einer Kunstauktion, das jeder einmal ansehen wollte.

Nachdem er sich frisch gemacht hatte, ging er hinauf in den Salon der *Chantelle*. Ron hatte sich schon längst frisch gemacht und überbrückte die Wartezeit mit Champagner. Heute Abend wollten sie wirklich gemeinsam ausgehen und sich amüsieren,

172

nicht wie letztes Mal im *Martinique*.

„Na, darfst du überhaupt alleine weggehen?", fragte Ron ironisch, als David in den Salon kam.

„Sehr witzig. Warum denn nicht?", fragte David.

„Gut, dann gehen wir", sagte Ron.

Sie verließen die *Chantelle*. Ein guter Bekannter von Ron, ein Automobilhändler, gab an diesem Abend eine Party in Antibes, nahe Nizza. Dort hatte David früher gewohnt. Gegen 19 Uhr kamen sie dort an. Schon beim Hineingehen zogen David und Ron sämtliche Blicke auf sich. Beide trugen hellgrau melierte Anzüge und ein weißes T-Shirt darunter. Genau wie zu früheren Zeiten – im Partnerlook!

Es waren Hunderte von Leuten auf der Party. Aber David war nicht so richtig in Stimmung. Er dachte ständig an Merrit – und plötzlich auch wieder an Minou! Die Stunden liefen so dahin. David führte das eine oder andere belanglose Gespräch. Doch in Wirklichkeit sehnte er sich nach Ruhe. Plötzlich kam Juliette in den großen Garten der Villa. Auch das noch, sagte sich David.

Auch Juliette war eingeladen worden und rechnete weder mit Ron noch mit David auf dieser Party. Doch als sie David erblickte, schlug ihr Herz höher vor Aufregung. Sie trug ein enges, weißes Abendkleid und trug ihr Haar offen. Sie ging auf David zu. Wie gebannt starrte David sie an.

„Hallo David", sagte Juliette und lächelte.

„Hallo Juliette", sagte David.

„Darf ich dir einen kleinen Kuss geben?", fragte Juliette.

David wollte nicht unhöflich sein und sagte: „Ja, warum eigentlich nicht?" Juliette legte David die Hände um den Hals und führte ihre rot geschminkten Lippen zu den seinen. Aber der Kuss war alles andere als klein. Juliette küsste David zärtlich und hingebungsvoll. David gab nach und erwiderte die Zärtlichkeit. Dann trennten sich ihre Lippen und Juliette sah ihm tief in die Augen.

„Ich freue mich, dass wir uns hier getroffen haben. Gehen wir ein Stück?", fragte Juliette.

„Na schön", antwortete David. Sie gingen lediglich nebeneinander durch den Garten. Jetzt waren sie ein paar Meter entfernt von den Gästen. Juliette blieb stehen.

Sie stellte sich vor David und sagte plötzlich: „Ich will, dass wieder alles wird wie früher! Ich will dich zurück, David." David war geschockt! Er wusste nicht, was er sagen sollte. „Minou und ich haben zwar immer noch Streit, aber sie hat mir gesagt, dass du nicht zu ihr gegangen bist. Angeblich hast du ja eine ziemlich hübsche und junge Neue, das hat mir zumindest Minou erzählt. Kannst du es nicht beenden und wir fangen noch einmal ganz von vorne an?", fragte Juliette in fast flehendem Ton. David nahm ihren Kopf zwischen seine Hände und streichelte sanft ihre Wange.

„Juliette, ich habe mich verliebt. Ernsthaft verliebt. Es tut mir wirklich Leid", sagte David in ruhigem, erklärendem Ton. Juliette senkte enttäuscht ihren Blick. Dann hob sie wieder ihren Kopf und David sah, dass sie weinte.

Dann legte sie ihren Kopf auf seine Brust und sagte: „David, bleib doch bitte bei mir. Ich liebe dich so sehr!" Es zerriss David fast das Herz!

„Ich weiß, dass du mich auch noch liebst", schluchzte sie.

„Ja, vielleicht", sagte David. „Aber es geht trotzdem nicht."

Dann ließ sie von David ab und sagte: „Lass mich jetzt bitte allein." Wortlos drehte David sich um und ging mit gesenktem Blick davon. Ron hatte die Begegnung zwischen den Beiden mitbekommen. David verabschiedete sich und fuhr mit einem Taxi zum Yachthafen zurück.

‚Warum ist mein Leben nur so schwierig?', fragte sich David, als er auf der *Chantelle* versuchte seinen Frust im Alkohol zu ertränken. Er wollte eine Trennung im Guten. Doch jetzt war die Situation noch viel schwieriger als zuvor. David verbrachte so die halbe Nacht, bevor er schließlich schlafen ging.

Ihm war bewusst, dass er einen Trümmerhaufen der Gefühle verursacht hatte. Ob Monique, die vielleicht ein Kind von ihm erwartete, Minou, die einen Familienkrieg in Kauf genommen hatte, Cynthia, die extra ein Liebesnest bauen ließ oder Juliette,

174

die bereit war, ihm zu verzeihen und dann noch eine Enttäuschung hinnehmen musste!

Merrit wollte er das nicht auch noch antun. Er musste also eine Lösung finden, wusste aber beim besten Willen nicht, wie diese aussehen sollte!

Am nächsten Tag wachte David zu spät auf. Er hatte verschlafen. Hastig zog er sich an und machte sich schnell frisch. Zum frühstücken blieb keine Zeit mehr. Also fuhr er schnell los.

Er fuhr gerade auf der Rue de Grenoble, als direkt vor ihm ein Lieferwagen auf der Gegenfahrbahn zum überholen ausscherte. David sah es, doch zum ausweichen war es zu spät! Mit voller Wucht prallte der Lieferwagen auf die vordere linke Ecke seines Cabriolets! Davids Wagen kam sofort ins Schleudern, doch David war schon bewusstlos von der Wucht des Aufpralls. Der Fahrer des Lieferwagens war nur leicht verletzt, doch David hatte es schlimm erwischt.

Kurze Zeit später wurde er bereits von einem Krankenwagen ins Hospital gebracht. Er kam auf die Intensivstation, nachdem er operiert worden war. Neben einem gebrochenen Arm, hatte er auch einen Milzriss erlitten. Doch zum Glück schwebte er nicht mehr in Lebensgefahr!

Als er Stunden nach der Operation aufwachte, konnte er sich nur noch an den entgegenkommenden Lieferwagen erinnern. Seine Augen blinzelten langsam, als er sein Bewusstsein wiedererlangte. Er sah alles verschwommen. Dann erkannte er das Gesicht einer Frau, die ihn ansah.

Als er klarer sehen konnte, fragte er: „Ist es schlimm?"

„Ja, aber Sie sind außer Lebensgefahr", sagte die Krankenschwester zu David. Er lächelte und sah sich im Zimmer um. Sofort erkannte er, dass er auf der Intensivstation lag. Auf einem Tisch gegenüber dem Bett sah er jede Menge Blumen, Karten und Briefe stehen.

„Sie hatten schon viel Besuch, aber nur Ihre Frau durfte zu Ihnen", sagte die Krankenschwester. „Eine Dame wartet draußen. Wenn Sie möchten, bitte ich sie herein", sagte sie.

175

„Wie sieht sie denn aus?", fragte David.

„Hübsch, sehr hübsch!", antwortete die Schwester. Damit konnte David nur wenig anfangen.

„Besuch wäre toll", sagte David.

„Gut", sagte die Schwester. „Drücken Sie auf die Klingel, wenn Sie etwas brauchen, okay?", sagte sie noch, bevor sie hinausging.

Dann ging vorsichtig die Tür auf. David lächelte. Es war Merrit. Mit besorgtem und lächelndem Blick zugleich ging sie ins Zimmer. Sie beugte sich über ihn und gab ihm einen kleinen Kuss. Dann streichelte sie ihm die Wange und fragte: „Wie geht es dir, mein Liebling?"

„Ganz gut soweit. Es tut gut, dich zu sehen", antwortete David. Sie setzte sich neben das Bett auf einen Stuhl und hielt seine Hand.

„Ich habe mir große Sorgen gemacht. Aber du wirst ja wieder gesund", sagte Merrit und hatte Freudentränen in den Augen. Dann legte sie ihren Kopf vorsichtig auf seine Brust und weinte. David hob vorsichtig seine rechte Hand und streichelte ihr lockiges Haar.

„Ist ja schon gut", sagte David. Dann beruhigte Merrit sich wieder etwas und wischte sich die Tränen weg. „Weißt du, wie es dem anderen Fahrer geht?", fragte David.

„Ja, er hat nur ein paar Kratzer abgekriegt. Aber er stand unter Schock", antwortete Merrit. „Aber dein schöner Wagen ist vollkommen zu Schrott gefahren, leider", sagte Merrit. David stöhnte.

„So ein Mist. Ich habe ihn so geliebt", fluchte er.

„Hauptsache, du wirst wieder gesund", sagte Merrit.

„Hast ja Recht", sagte David und begann wieder zu lächeln. Dann fasste David sich ins Haar. „Meine Frisur sieht ja bestimmt spitze aus. Hat die Krankenschwester keine Bürste?", fragte David.

Merrit durchwühlte ihm jetzt das Haar noch mehr und sagte: „Du bist hier, um gesund zu werden und nicht um den Krankenschwestern den Kopf zu verdrehen, du Casanova",

176

sagte Merrit höhnisch.

„Weißt du, wie lange ich noch hier bleiben muss?", fragte David.

„Ja, noch ungefähr eine Woche, hat deine Frau gesagt", antwortete Merrit.

„Du hast mit ihr gesprochen?", fragte David erstaunt.

„Ja, hab ich. Ich habe mit ihr genauso gesprochen, wie mit den anderen hübschen Frauen, die vor der Tür gewartet haben", antwortete Merrit lächelnd.

„Aber woher wusste sie von dem Unfall?", fragte David.

„In der Zeitung war ein großes Foto vom Unfall. Und was glaubst du, wie viele 33-Jährige mit einem roten Mercedes Cabriolet in Nizza herumfahren, hm?", fragte Merrit. „Tja, die halbe Côte d'Azur hat wohl Tränen vor Angst vergossen, mein Unschuldslamm", sagte Merrit. Dann gab sie ihm einen Kuss.

Die Krankenschwester kam plötzlich herein und sagte: „Sie müssen jetzt bitte gehen, Madame. Monsieur de Sisalles braucht noch viel Ruhe."

„Ist gut", sagte Merrit. Sie gab David noch einen zärtlichen Kuss und sagte: „Ich komme morgen wieder, mein Liebling."

„Ich freue mich schon darauf. Du fehlst mir", sagte David.

„Du mir auch", sagte sie und ging hinaus. Kurze Zeit später schlief David wieder ein, denn er war noch zu erschöpft, um länger wach zu bleiben.

Stunden später wachte er wieder auf. Als er die Augen öffnete, sah er Juliette und Minou! Sie hatten sich in dieser Situation zusammengerauft. So konnten sie die Sorgen um David miteinander teilen. Beide strahlten ihn an.

„Hallo, ihr zwei", sagte David erstaunt. „Es ist schön euch zu sehen." Dann gaben ihm beide fast zeitgleich einen Kuss auf die Wange.

„Das Autofahren üben wir aber noch mal", sagte Minou lächelnd.

„Sehr komisch", sagte David und wollte lachen, musste aber abbrechen, weil es zu schmerzhaft für ihn war.

„Tut mir Leid", entschuldigte sich Minou und streichelte ihm die Wange, während sie links neben dem Bett saß. Juliette saß rechts vom Bett.

„Schon gut", sagte David. „Wie geht es euch?"

Juliette sah Minou an und antwortete: „Jetzt geht es uns besser, David."

„Kommt her", sagte David und spreizte seine Arme, damit jede von ihnen ihren Kopf hineinlegen konnte. Und das taten sie auch. David streichelte beiden sanft durchs Haar. Eine wohlige Wärme durchzog seinen Körper, obwohl Minou auf seinem Gipsarm lag und er dadurch schmerzte.

Obwohl er wirklich in Merrit verliebt war, spürte er einen gewissen Reiz in dieser Situation. Sexuelle Gelüste wurden in ihm wach. Am liebsten hätte er Minou und Juliette nackt an seinem Körper gespürt. Sein Herz schlug schneller!

Zu dumm, dass sein linker Unterarm gebrochen war, denn sonst hätte er beide gleichzeitig streicheln können und weder Minou, noch Juliette wären benachteiligt gewesen. Er hatte zwar ein schlechtes Gewissen Merrit gegenüber, aber trotzdem sagte er plötzlich: „Küsst mich!"

Beide hoben den Kopf und sahen sich fragend an. Doch Minou und Juliette waren beide so voller Sehnsucht nach David, dass sie nicht widerstehen konnten. Minou ließ Juliette den Vorrang. Sie küsste David sanft und hingebungsvoll. David genoss diese Situation. Dann sah Juliette ihm tief in die Augen und ließ von seinen Lippen ab. Jetzt küsste ihn Minou! Mit der gleichen Hingabe wie ihre Schwester trank sie von Davids Lippen. Juliette merkte, dass David unruhig wurde und erregt sein Becken bewegte.

Sie schob ihre rechte Hand unter die Decke und streichelte sein bestes Stück. David hätte vor Lust explodieren können! Als Minou sah, dass Juliette ihn streichelte, wollte sie auch ein Stück vom Kuchen abhaben! Auch sie schob sanft ihre Hand unter die Decke und mischte mit.

„Oh Gott", sagte David und stöhnte vor Lust. Minou und Juliette lächelten sich an und begannen jetzt auch, die ménage à trois zu genießen. Immer wieder küssten sie David abwechselnd.

178

Als David zum Höhepunkt kam, stöhnte er so laut, dass die Krankenschwester ins Zimmer kam, um nachzusehen, ob alles in Ordnung war. Sie staunte nicht schlecht, als sie die drei dort so vorfand, denn sie konnte genau sehen, dass zwei verschiedene Arme unter der Decke waren.

So etwas hatte sie bisher noch nicht im Krankenhaus erlebt. Sie lächelte aber nur und sagte: „Viel Spaß noch!"

Minou und Juliette mussten sich das Lachen arg verkneifen. Dann lagen Minou und Juliette noch eine Weile in seinen Armen.

„Ich danke euch. Es war wunderbar, euch zu spüren", sagte David. Minou und Juliette waren für den Moment beide sehr glücklich, denn beide waren froh, überhaupt bei David sein zu dürfen. Und teilen ist besser als gar nichts, sagten sich die beiden.

Dann ließen sie David allein, um ihm etwas Ruhe zu gönnen. Er war gerade eingeschlafen, als plötzlich die Krankenschwester ins Zimmer kam. Sie konnte sich das Lächeln allerdings nicht verkneifen.

„Hallo", sagte David und rutschte in seinem Bett etwas hoch.

„Hallo", sagte die hübsche Schwester. „Ich muss Sie jetzt waschen. Gegen 18 Uhr kommt der Chefarzt noch einmal zum Begutachten. Es sei denn, Sie möchten so bleiben", sagte die Krankenschwester.

„Nein, natürlich nicht", sagte David. „Nett, dass Sie so gut mitdenken." Die Krankenschwester bereitete eine Schüssel und einen Waschlappen vor.

„Oder wollen Sie es selbst versuchen?", fragte sie.

„Nein, ich glaube nicht", antwortete David. Als David frisch gemacht wurde, fühlte er sich ein wenig hilflos, aber so unangenehm war es ihm auch wieder nicht. Er versuchte das angenehme Gefühl des warmen Wassers zu verdrängen, doch er schaffte es nicht seine Erregung zu verbergen. Doch es schien die Krankenschwester wenig zu stören, dass sie jetzt eine etwas größere Fläche zu waschen hatte.

Ihre Augen funkelten David lustvoll an. David konnte nichts

sehen, denn seine Beine waren angewinkelt und die Decke hing ihm bis über die Knie. Als sie merkte, dass David die Situation ganz und gar nicht unangenehm war, bekam sie immer mehr Lust! In gewisser Hinsicht war David ihr ja auch ausgeliefert. Dies hatte für sie einen noch größeren Reiz. David begann seinen Kopf hin und her zu bewegen und mit offenem Mund zu stöhnen, als die fürsorgliche Schwester ihn plötzlich ohne Waschlappen massierte. Er konnte immer noch nichts sehen!

Nur ihren lüsternen, hemmungslosen Blick, der ihn fast aufzufressen schien. Dann sah er, dass ihr Kopf hinter seinen angewinkelten Beinen verschwand! Immer lauter begann David zu stöhnen. Seine rechte, gesunde Hand wanderte zu ihrem Kopf und krallte sich in ihren braunen, lockigen Haaren fest.

In diesem Augenblick war er sich nicht sicher, ob er wirklich im Hospital war oder im Paradies. Und die Krankenschwester verstand durchaus ihr Handwerk. Oder besser gesagt ihr...! David begann vor Erregung zu zittern. Seine Narbe am Bauch schmerzte stark! Doch die Lust ließ ihn jeden Schmerz ertragen.

Die charmante Krankenschwester ließ ihn alle Schmerzen vergessen! Als David seinen unglaublichen, multiplen Höhepunkt bekam, stöhnte er oder besser gesagt stöhnte und wimmerte er zugleich, als ob sein letzter Moment gekommen wäre.

„Küss mich, schnell", sagte er schnell atmend zu ihr. Sie war noch völlig in Trance, als sie sich hechelnd zu seinem Mund begab und David hemmungslos und gierig küsste. Minutenlang dankte sie David dieses Erlebnis!

„Wie heißt du?", fragte er sie.

„Victoria", antwortete die Krankenschwester. „Aber du darfst mich Vicki nennen."

„Du bist eine phantastische Frau, Vicki", sagte David und meinte es ernst. Dann stand sie auf und sah ihn an.

„Mag sein, aber ich stehe eher auf treue Männer. Dazu gehörst du ja wohl nicht, soweit ich das spüren konnte, oder?", fragte sie lächelnd. Schließlich tat sie so, als ob das Erlebnis schon fast vergessen war. Sie nahm die Waschschüssel und den

180

Lappen mit und drehte sich noch einmal um, bevor sie das Zimmer verließ.

David fühlte sich wie ein Kettenkarussell. Er schien der einzige Sitz zu sein, so dass sich jedes Mädchen darauf freute, endlich in ihm eine Runde mitzufahren. Erschöpft schlief David wieder ein. Die Visite des Chefarztes fand natürlich nicht statt...!

Am nächsten Morgen wurde David von einer Frauenstimme geweckt. Er schlug die Augen auf. Das was er sah begeisterte ihn nur wenig. Eine Frau, gar nicht mal unansehnlich, aber mit einer unattraktiven, herrschsüchtigen Art weckte ihn zum Frühstück.

David lächelte nicht, sondern sagte nur: „Danke!"

‚Meine Güte', dachte David. ‚Was arbeitet hier nur alles?' Er dachte immer noch an Vicki, hatte aber keine Ahnung, wann und ob sie überhaupt Dienst haben würde. Also spielte er mit den Karten der Frauen. Er drückte auf die Klingel und die Schwester mit dem unbändigen, maskulinen Charme kam wieder herein.

„Ja, was ist Monsieur?", fragte sie genervt.

„Sagen Sie, diese Schwester von gestern Spätnachmittag, arbeitet sie schon lange hier?", fragte David.

„Warum fragen Sie? War sie unfreundlich? Wollen Sie sich über sie beschweren? Mich würde es ja nicht wundern!", sagte die Schwester.

„Hat mich nur interessiert. Sie kommt doch wohl heute nicht schon wieder, oder?", fragte David.

„Doch, doch. Um 12 Uhr beginnt ihre Schicht", antwortete die Schwester.

„Ah ja, na gut", sagte David mit gekünstelter, hängender Stimme. Dann verließ die Schwester wieder das Zimmer. David war jetzt sehr langweilig. Er wartete ungeduldig darauf, dass es endlich 12 Uhr wurde! Um 13 Uhr klingelte er dann. Es dauerte ungefähr eine Minute, bis Vicki zu ihm kam.

„Hallo, wie geht's?", fragte sie, als sie das Zimmer betrat.

„Es geht, könnte besser sein", sagte David. Sie ging auf ihn zu. David war zwar ein harter Kerl, tat aber sehr geschickt so, als wäre er noch hilflos und schwach.

„Ich fühle mich einsam", sagte David und sah ihr tief in die Augen.

„Aber ich kann hier nicht jeden beschäftigen, nur weil ihm langweilig ist", sagte Vicki und lächelte. Doch David bemerkte, dass ihre Augen etwas ganz anderes sagten...!

„Setz dich zu mir", forderte David sie auf. Langsam und zögerlich setzte sich Vicki rechts auf sein Bett. David sagte kein Wort, sondern sah sie einfach nur an.

Dann legte er seine rechte, gesunde Hand auf ihre glatten Schenkel und sagte: „Wenn ich hier draußen bin, möchte ich dich gern wiedersehen." Plötzlich wurde Vicki zugänglich und küsste seine Lippen. Sie begehrte David hoffnungslos!

David wurde einige Tage später entlassen, doch Vicki sollte ihn nie wieder sehen...! Ron holte ihn ab. Er schenkte David und sich Champagner ein, als sie auf der *Chantelle* ankamen.

„Ach so, übrigens, wegen deines Unfalls musst du mit Juliette reden. Da sie noch deine Frau ist hat sie den Schaden für dich abgewickelt", sagte Ron.

„Ja, ist gut", sagte David wenig begeistert. Es nervte David zwar irgendwie, aber es sah so aus, als ob er keine andere Wahl hätte. Er rief Juliette an. Sie wünschte zwar, dass er zu ihr kommen würde, aber David wollte lieber neutralen Boden als Treffpunkt! Also trafen sie sich im *Palm Beach*.

„Die gegnerische Versicherung hat sich sehr kooperativ gezeigt oder vielmehr der Anwalt war sehr klug. Es gab keinen Streit. Für dein Auto hast du 42.000 bekommen und weitere 62.000 als Schmerzensgeld von der gegnerischen Firma – ohne Klage!", sagte Juliette.

„Das ist prima. Danke für deine Hilfe", sagte David und gab ihr einen Kuss auf die Wange. Juliette beherzigte das Sprichwort Freundschaft ist manchmal besser, als sich gar nicht zu sehen. Deshalb war sie mit dem Wangenkuss auch zufrieden. Dann überreichte sie David den Scheck.

„Ich weiß das wirklich zu schätzen, nach all dem, was ich dir angetan habe", sagte David und meinte es auch aufrichtig!

182

„Ich werde dir Gelegenheit geben, dich zu revanchieren", sagte Juliette und lächelte.

David behagte das zwar gar nicht, aber er sagte einfach: „Okay!"

Sie plauderten noch ein wenig über die allgemeine Reaktion nach ihrer Trennung, vor allem über die von Juliettes Eltern, die immer sehr fair und entgegenkommend David gegenüber gewesen waren. Juliette sah David die ganze Zeit über sehnsüchtig an.

David bemerkte es natürlich. Aber er wusste, dass nichts jemals wieder so sein könnte wie früher. Und wenn, dann wäre es ganz sicher nur ein Spiel auf Zeit gewesen! Er war realistisch genug, um zu wissen, wann der richtige Punkt zum aufhören gekommen war. Aber das konnte er ihr nicht sagen. Es hätte sie zu sehr verletzt.

„Kommst du noch mit zu mir?", fragte Juliette sehnsüchtig. Jeder andere Mann hätte wahrscheinlich Ja gesagt.

Aber David sagte: „Nein, es geht nicht. Tut mir Leid." Und das war gut so...!

Während David später im Mondschein vom Bett aus seine Kabine betrachtete, lag Juliette in ihrem Bett. Die Hälfte, auf der David sonst geschlafen hatte, war leer und unbenutzt. Sie weinte sich in den Schlaf. David spürte, dass Juliette traurig war. Er rief sie an.

Völlig verheult ging sie ans Telefon. David erkundigte sich, ob sie okay sei und wünschte ihr eine gute Nacht. Damit war beiden für den Augenblick geholfen. Davids Gewissen wurde ein wenig erleichtert und Juliette fand in seinen Worten ein wenig Trost und Zuversicht!

David konnte die ganze Nacht nicht schlafen. Er versuchte sich darüber klar zu werden, welche Frau nun endlich die richtige war. Zum ersten Mal in seinem turbulenten, abenteuerlichen Leben fühlte er sich wirklich müde. Er sehnte sich nach Geborgenheit und Wärme – doch er war ganz allein!

David schien zu begreifen, was er schon längst hätte

begreifen müssen und er klügelte einen Plan aus, um endlich zu begreifen, welche von ihnen die richtige war.

‚Doch vielleicht ist es ja auch eine ganz andere Frau, eine die ich noch gar nicht getroffen habe‘, dachte sich David.

Er wusste es nicht! Wenn es nach ihm ginge, würde er sich nie entscheiden müssen. Doch er wusste, dass es keine Lösung auf Dauer war. Und er würde nicht ewig der Junggebliebene sein können. Er sehnte sich nach einem heilen Zuhause, mit einer Frau die abends auf ihn wartete und fröhlichen Kindern, die ihn liebevoll begrüßten, wenn er nach Hause kam. Kurz gefasst, Glück, das man nicht kaufen kann. Aber wie er den Weg dahin finden sollte war ihm ein Rätsel, das ihm unlösbar erschien.

Er sprach auch nie über Kinderwünsche oder ähnliches. Würde es eine der Frauen erahnen können? Welche wäre tatsächlich eine gute Mutter und eine zärtliche Frau zugleich, fragte er sich. Dann schlief er ein. Ohne Antwort und völlig im Unklaren.

Am nächsten Tag stand er erst spät auf. Er hatte die ganze Nacht gegrübelt. Er setzte sich zu Ron an den Tisch auf dem Außendeck und stellte sein Frühstück ab, welches er sich zuvor gemacht hatte.

„Du siehst müde aus“, sagte Ron, als er gerade von seinem Brötchen abbiss.

„Ja, bin ich auch“, sagte David.

„Was ist los mit dir?“, fragte Ron. David erzählte ihm schließlich von seinen Gedanken. „Also wenn du wirklich eine Familie haben möchtest, musst du schon die richtige dafür finden“, sagte Ron zu David.

„Ja, ich weiß“, sagte David. „Was würdest du tippen, ist eine von ihnen dabei?“, fragte er.

„Hm, schlecht zu sagen“, antwortete Ron. Dann plauderten die beiden über andere Dinge. Später fuhr Ron dann zu einer Verabredung mit einer reifen Lady. David blieb an Bord und sonnte sich an Deck.

Noch immer stellte er sich diese vielen Fragen, ohne Hoffnung auf Antworten. Er erinnerte sich daran, dass er einmal zu Minou gesagt hatte, dass er sich für die Frau entscheiden würde, die bereit ist, für ihre Liebe zu kämpfen.

Er ging in den Salon, nahm sein Handy und rief sie vom Sonnendeck aus an. Sie war zwar verwundert, von ihm zu hören, folgte aber seiner Einladung, ihn dringend an Bord zu besuchen. Eine halbe Stunde später betrat sie die *Chantelle*. Sie trug ein kurzes schwarzes Sommerkleid und trug die Haare offen.

„Hallo David, da bin ich", sagte Minou hinter seinem Rücken zu ihm. David drehte sich in seinem Liegestuhl um, sah sie und stand auf. Er sah ihr tief in die Augen und umarmte sie vorsichtig wegen seines Gipsarmes.

Zögerlich aber glücklich umarmte auch sie jetzt David. Ihr war nicht klar, was David zu dieser Einladung veranlasst hatte. Dann küssten sie sich zärtlich und leidenschaftlich. Eine leichte Brise wehte durch ihr Haar.

„Ich liebe dich, Minou! Ich habe viel nachgedacht und mir ist klar geworden, dass ich die ganze Zeit über eigentlich nur dir gehört habe! Ich werde bei dir bleiben, ich möchte Kinder mit dir haben und endlich zur Ruhe kommen", sagte David zu ihr. Minou schossen Freudentränen in die Augen.

„David", sagte sie, als sie ihn mit flackerndem, unsicherem Blick ansah. „Ich habe so sehr um dich kämpfen müssen und musste so oft stark sein, ich bin müde! Also bitte keine Spielchen mehr, ja?"

David lächelte und schüttelte den Kopf: „Nein, mein Liebling, keine Spielchen mehr!"

Dann umschlang sie glücklich Davids Hals und küsste überglücklich seine Lippen. Auch er hatte Tränen in den Augen. Für Minou hatte sich ein Traum erfüllt! Und auch David musste bald feststellen, dass es richtig war, auf sein Gefühl zu hören.

Ein paar Monate später wurden David und Juliette geschieden. Minou heiratete er gleich kurz danach. Später bekamen David und Minou drei Kinder miteinander und waren eine sehr glückliche Familie.

Juliette wurde eine liebevolle Tante. Auch den Streit mit

Minous Familie überstanden sie. Es gab nichts, was David und Minou jemals wirklich hätte trennen können – nichts...!

Sie waren wie für einander geschaffen. Und Minou hatte das Glück, einem Mann begegnet zu sein, der das erkannte. Zwar spät, aber gerade noch so rechtzeitig, um nicht unglücklich verheiratet sein zu müssen.

Augen und Verstand lassen sich täuschen, aber Gefühle nicht...!

Wer noch nie die Früchte der Versuchung
gekostet hat,
sollte auch nicht darüber urteilen
wie sie schmecken...

Aston Skovgaard